GAEA

GAEA

The Immortal Gene

月與火犬

12 神降臨

星子 teensy——著

Izumi——插畫

月與火犬

目錄

CH01 一吻

「月光、月光！」狄念祖讓湯圓變化成剪刀，剪斷了縛著他手腳的蛛絲，並指揮著湯圓，將昏睡不醒的月光從蛛絲團中拖了出來。「米米帶著糨糊和石頭來救我們了，快醒醒……」

此時月光沉沉睡著，狄念祖輕拍她的臉卻叫不醒她，一時間不知如何是好。他站起身，伸展手腳，只覺得麻軟無力，連拳槍也變化不出來，想來是那天蛛女王麻醉毒液的效力還沒完全消退。

他心想自己醒了，月光卻沒醒，或許和自己體內的長生基因、急速獸化基因有關；又或許是月光被當作儲糧，而自己被當成種馬，因此天誅女王在兩人體內注入的毒液劑量有所差異。

不論如何，顯然天誅女王能夠精準控制毒液作用和效力。在上一次戰鬥時，自稱「天誅童子」的天誅女王，她的毒牙對糨糊、石頭尚不具有太大威脅，但如今童子長成了女王，能耐和凶性倍增，一旦硬碰硬，小侍衛們的處境可是不妙。

他費力地揹起月光，讓湯圓攀在他肩上，輕聲下令，指揮著湯圓將眼睛如同探測鏡頭般伸出，緩緩地繞出房間四處探望，確定外頭沒有蜘蛛守衛，這才步出房間。

房間外的景象令他大感訝異，格局是尋常的公寓客廳，四周壁面同樣堆積著被沾黏在牆上的「儲糧」，大多是人，也有少部分動物。

狄念祖望著牆上那些被裹在蛛絲團裡的人，有些顯然已死，有些卻還有微微氣息，他心中儘管不忍，但此時自身難保，自然不可能將這些人全數救出。他望著陽台外頭的景觀，猛然醒悟這地方肯定是位在山水宿舍後方的廢棄公寓群。

當年土石流沖毀了這山腰上的小社區，此時他身處之處，想來應當是那小社區殘存公寓其中一戶，現在竟成了這批大蜘蛛的糧倉。

他正想跨過地上黏稠蛛絲往外走，卻聽見陽台方向傳來一陣窸窸窣窣的聲響，心想或許是一些蜘蛛衛兵，連忙揹著月光退回房裡，將她安放回原位，自個也站回原本的位置，握起拳頭，試著使關節上膛。

兩隻模樣古怪的人面蜘蛛爬進房間，嘰哩咕嚕交談起來：「是他，就是他。」

「椅子哥要我們殺掉的傢伙就是他。」

「殺他、殺他！」兩隻人面蜘蛛一面對話，一面逼近狄念祖，其中一隻蜘蛛抬起一對尖銳長足就要往他胸口刺去。

「喂！等等……」狄念祖大驚失色，連忙後退躲開，囔囔地說：「我……我是你們女王的男人呀，你們女王不是要跟我繁衍後代嗎？爲何要殺我？」

「女王……」一隻人面蜘蛛想了想，歪著頭問同伴：「是呀，椅子哥爲何要殺女王的男人？」

「你懂什麼？椅子哥愛女王，不希望別的男人佔有女王！」這人面蜘蛛的腦筋似乎比身旁的笨同伴好上一些，且更懂得人類思緒、心情。他見狄念祖退到了角落，便低聲叱喝他：「你這傢伙是怎麼掙脫女王蛛絲的？你躲在那幹嘛？快過來受死，椅子哥要你死你就得死！」

「……」狄念祖雖不明白那「椅子哥」、天誅女王，以及這兩個怪傢伙之間的情仇始末，但聽他倆短短幾句對話也猜出了個大概。天誅女王座下那張「椅子」，顯然對女王懷有超越臣僕的愛慕和企圖，所以不希望天誅女王和自己繁衍後代；趁天誅女王下樓對付敵人時，派出心腹爪牙上來刺殺自己。

「你們這麼做，不怕女王生氣？」狄念祖這麼說。

「是啊，要是女王知道我們殺她的男人……」那看起來較笨也較怯懦的人面蜘蛛，聽狄念祖這話，不禁退到房門邊，哆嗦起來。「肯定會殺死我們的……」

「笨蛋，女王不會知道！」那機伶的人面蜘蛛說：「我們殺了他，將他用蛛絲裹成一團帶去遠處埋在土裡，說他自己逃了，女王怎麼會知道？」

「等等！」狄念祖立時插嘴。「那不麻煩二位，我自己滾好不好？我也不想和你們女王繁衍小蜘蛛，我會滾得遠遠的、滾到你們找不到的地方，絕不會妨礙到你們椅子哥的雄心壯志。就算女王怪罪下來也和你們無關，皆大歡喜，對不對？」

「這個嘛……」那機伶的人面蜘蛛歪著頭想了想，似乎對狄念祖的提議有些心動，那縮在門邊的怯懦人面蜘蛛立時點頭附和：「對對對，他說得對，讓他自己離開吧。」

「太好了，就這樣說定囉，我會替你們保密的……」狄念祖見兩隻人面蜘蛛都不反對自己的提議，便一面出言安撫，一面緩緩走到月光身邊，準備帶她離開。

「你做什麼？」兩隻人面蜘蛛突然厲聲喝叱起來。「你要搶我們的食物——」

「什麼！」狄念祖可沒料到自己這番舉動，竟刺激到這些人蛛怪物生存本能，惹得他們發怒；他連忙放下月光，後退兩步，正要辯解，那機伶的人面蜘蛛已經怒氣騰騰地撲了上來。

狄念祖情急之下，猛地抬腳，朝著那人面蜘蛛腹部一踹，將那人面蜘蛛踹得轟撞在對面牆上，然而他自己也被這巨大的衝擊力震得彈撞在背後牆上，壓得牆上幾具「糧食」發出了咿咿呀呀的哀鳴聲。

「噢！」狄念祖嚇了一跳，心想原來自己雖然全身無力，但卡達蝦基因效用猶在，全身關節仍然能夠上膛並擊發。他感到背後的「糧食」微微掙動著，知道這記卡達踹的反作用力必定將身後的「糧食」撞得七葷八素，說不定肋骨都斷了數截。他還來不及歉疚，那機伶的人面蜘蛛又衝了過來。

「湯圓變長──」狄念祖握著湯圓，朝著那撲來的人面蜘蛛一指，湯圓立時從柳橙大小的圓球變成了西洋劍般的銳刺，倏地穿進那人面蜘蛛的體內。

磅！狄念祖又一腳將那人面蜘蛛踹飛，這一次人面蜘蛛無法再度攻向狄念祖了，他搖搖晃晃地掙扎立起，然後倒下，濃稠的體液自被湯圓刺出的破口中淌出。

「唔唔……」那怯懦的人面蜘蛛見同伴倒下，又見狄念祖持著古怪的武器惡狠狠地瞪著他，嚇得連忙退出房門，向外搬救兵去了。

狄念祖知道要是讓這傢伙引來更多蜘蛛，可極麻煩，他奔追出去想要滅口，但那蜘蛛早已逃得不見影蹤。

狄念祖無計可施，心一橫，想反正自己身懷長生基因，不如殺下樓去作爲誘餌，和這些蜘蛛拚個你死我活，替月光爭取更多時間，或許她能夠醒來；他拉了拉衣袖、領口準備大開殺戒，突然咦了一聲，這才發現隨身背包還揹在身上。他想起了什麼，連忙掀開背包，從中翻出先前在山水宿舍地下室找著的那些藥劑針筒。

其中一支針筒，上頭的標籤寫著「體力倍化劑」。

相較於「老乖專用」、「蟹王」、「急速獸化基因」等針筒，「體力倍化劑」似乎是當下唯一能夠派上用場的東西。

狄念祖二話不說，揭開「體力倍化劑」金屬針筒上的保護蓋，將針筒扎進胳臂，他見那針筒構造複雜，上頭有數個調節開關，但他不懂如何操作，胡亂摸索一番，將整管藥液全注進體內。

「唔唔……」狄念祖注完藥液，扔去針筒，輕揉胳臂，向前走了兩步，突然感到一陣天旋地轉，隨即跪在地上，捧腹嘔吐起來。

「抓住他、抓住他！」人面蜘蛛帶著救兵來援，一大票中小型蜘蛛自陽台外擁入室內，大的如深海巨蟹、小的只有巴掌大小，撲天蓋地圍住了狄念祖。

「媽的……」狄念祖掙扎站起，只後悔自己行事莽撞，注入一管功用不明的藥液，反而讓自己連站都站不直；此時他不僅感到腸胃翻騰、頭暈腦脹，同時全身筋骨、肌肉都痠疼不已；他搖晃兩步，跌入蜘蛛堆中，壓死一些小蜘蛛，身上、臉上還被一些中型蜘蛛咬了幾口。

「渾蛋！」狄念祖掙扎幾次都起不了身，索性胡亂踢蹬起來，不停讓四肢關節上膛，然後擊發。儘管他此時肌力孱弱，但卡達蝦基因的效用猶在，四肢蹬甩之力依舊奇大無比，將一隻隻近身抓他、咬他的大小蜘蛛擊飛或是擊碎。

一隻臉盆大的蜘蛛撲上他的臉，一口咬著他的鼻子，痛得他怪叫起來。但這蜘蛛立即發出窣窣怪聲，蛛體一分爲二，落在地上死去。

狄念祖摀著鼻子，正覺得奇怪，只見身旁站了個人影，仔細一看，是月光。

月光持著湯圓變作的細劍，一臉蒼白地護在狄念祖身邊，將他身上一隻隻蜘蛛挑開或是刺死。

月光這批全能女奴除了優異的戰鬥能力之外，也有一定程度的抗毒能力。

儘管天誅女王在月光身上注入的麻醉毒液劑量，多出屋內其他「儲糧」數倍，但其效力卻仍不足以長時間麻醉月光。狄念祖與天誅女王對話時，月光體內的毒性便開始漸漸消解，後經狄念祖一陣搬動，月光也逐漸醒轉，她聽見狄念祖慘叫，便急忙撐著身子趕出相助。

「狄，你怎麼了……」月光此時雖已能自由行動，但體內麻醉毒液效力還未完全消退，體力不及平時兩成，動作也遲緩許多，有時幾劍刺不中蜘蛛，反被咬上好幾口，甚至劃破狄念祖皮肉。

月光見蜘蛛越來越多，趕緊一把將狄念祖自地上拉起，兩人互相攙扶、且戰且退，退入後方另一間房裡。

這間房裡四面牆壁上也都是滿滿的「儲糧」，有一面對外大窗，狄念祖一入內便將那半毀的房門關上，以後背抵著門，月光則持著湯圓細劍，將那些自縫隙鑽入的小蜘蛛刺死。

「嗚嘔……」狄念祖頭痛昏暈，連連作嘔，像是嚴重宿醉。他見破窗外還裝設了一道鐵窗，儘管那鐵窗已相當老舊，許多地方出現明顯鏽損，但以他們此時體力而言，仍然是道艱難的阻礙。

他一時間想不出脫困辦法，只盼身體裡那「體力倍化劑」的古怪作用趕緊消失。

磅！磅磅——

狄念祖感到背後一陣劇震，不禁駭然，心想必定是外頭來了隻怪力蜘蛛，要將門撞開了。

啪哩——狄念祖腦袋旁爆破出一道大裂口，一截狀如螳螂鐮狀足的大刃自門外斬了進來。

「狄！」月光見狄念祖差點被那大鐮劈開腦袋，連忙拉住狄念祖的手，想將他拉開，但那門外大鐮立時啪啦啦又斬入門板，一鐮切進狄念祖腰間，一鐮斬在狄念祖頸子旁。

「哇——」狄念祖驚慌之餘，怪叫著猛力掙扎，無意間發動了雙膝卡達蝦關節，彈出老遠，摔得七葷八素，只覺得腰間和頸子上熱辣辣地發疼；他眼前發黑，什麼都看不清楚，只聽見月光一聲尖叫，躍到他身邊，一把將他拉起。

「妳……妳受傷了？」狄念祖見月光臉上身上一片鮮紅，猛然一驚，但見月光驚慌地按住了他頸子，這才發現這些鮮血是從自己頸子上噴出的。

那一記破門大鐮割開了他的頸動脈，鮮血像是大雨般自他頸子上的破口噴出。

破爛的木門轟隆一聲四分五裂開來，一隻模樣古怪的中型蜘蛛，除了爬行的八足之外，背上挺著四支螳螂大鐮，耀武揚威地爬入房中。

大大小小的蜘蛛自那大鐮蜘蛛腳下、四周擁入房中。

「……」狄念祖後背抵著有窗那面牆，轉頭只見玻璃窗外還架設著鐵窗，那鐵窗雖然鏽跡斑斑，但此時憑他和月光卻也無力破壞。他靈機一動，對著月光手上的湯圓細劍大喊：「湯圓，你知道鉗子嗎？變成鉗子，能夠剪斷鋼筋的鉗子！」

他將月光拉到窗邊，一把拉開那滿布塵埃的玻璃窗，對月光說：「我想辦法拖延時間，妳試試看能不能剪開鐵窗！」

「狄……」月光見狄念祖話才說完，轉身便撲向那大鐮蜘蛛，不禁替他擔憂著急，但見手上的湯圓已經變成一柄小鉗，便照著狄念祖的指示轉身用湯圓鉗子去剪鐵窗；由於湯圓體型只有柳丁大小，變成的鉗子也和一般老虎鉗差不多大，要剪斷鐵絲是輕而易舉，但要剪斷鐵窗卻不容易。月光此時力氣不夠，一面踩踏著來襲的小蜘蛛們，一面費了九牛二虎之力，才剪開兩、三條生鏽鐵欄。

她喘了口氣，回頭一看，只見狄念祖抱著頭倒在地上不停蹬腳，模樣狼狽至極，他的雙腿被那大鐮蜘蛛斬出一道道血痕，鮮血將整間房濺灑得有如恐怖片裡的命案現場。

「唔！」月光見鐵窗難以破壞，狄念祖卻被那大鐮蜘蛛砍得體無完膚，急得晃了晃湯圓鉗子，嚷嚷叫著：「細劍！」

「我踹死你、我踹死你！」狄念祖只覺得腿上被斬出十幾道深淺不一的傷口，痛得發麻；他一面亂罵、一面胡亂蹬腿，只盼拖住這大鐮蜘蛛，爭取更多時間好讓月光剪開鐵窗，但見月光挺著細劍刺來，替他格開幾記鐮擊，不禁心急，喊著：「別管我，快破壞鐵窗，不然我們逃不了呀！」

「可是……」月光只一猶豫，腳上一疼，有隻紅黑相間的蜘蛛，生著一對比其他蜘蛛大上三倍的毒牙，咬在她腳踝上，發出火灼一般的劇痛；月光一分神，大鐮蜘蛛猛地一鐮斬向她持劍那胳臂。

湯圓在千鈞一髮間意識到月光有危險，自動變換身形，捲住這一鐮。大鐮蜘蛛猛地一扯，將湯圓扯離月光的手，揮動其他三鐮追斬月光。

「哼！」狄念祖咬牙撐起身子，抱著腦袋，雙膝上膛，朝那大鐮蜘蛛發動卡達蹦，只想將牠撞遠些——

轟！

狄念祖火箭般衝出，攔腰抱著那大鐮蜘蛛轟隆撞在牆上。

巨大的衝撞讓狄念祖覺得猶如被火車撞著般，全身都要散了。他在暈眩與疼痛交加之際聞到一股濃烈惡臭，定神一看，只見大鐮蜘蛛竟被自己撞得四分五裂、汁液流散，他連忙掙扎起身，搗著仍在淌血的頸子，只見門外又來一隻揚著三柄螳螂大鐮的大型蜘蛛。

「哼……」狄念祖暗暗叫苦，氣喘吁吁地再次彎膝、抬手護頭，打算故技重施，將這大蜘蛛也一砲撞死，嘴巴喃喃碎罵那心懷不軌的「椅子」在天誅女王軍團中勢力還真不小，竟有這麼一大票爪牙替他賣命。

「公主！」窗外一聲尖叫。

「米米！」月光見米米竟從樓房上端攀下，頭下腳上地掛在鐵窗外頭，可是又驚又喜，連忙叫道：「米米，變成大鉗，我要剪斷鐵窗！」

「是！」米米立時化爲數條銀流，自鐵窗欄杆間隙溜進房來，接著搖身一變，成了一柄長柄大鉗，讓月光抓著。

米米大鉗比湯圓小鉗巨大數十倍，月光雙手握著大鉗長柄，施力輕鬆許多，一口氣便剪斷十來條鐵欄，跟著晃了晃米米，讓她化成破門鎚，轟隆將整面鐵窗撞落下樓。

「狄！」月光拆了鐵窗，連忙領著米米，將再一次撞爛了鐮刀蜘蛛卻無力站起的狄念祖從小蜘蛛堆中救出。

「我的背包、背包……」狄念祖連連乾嘔，一手緊緊抓著裝有父親遺物的那只背包肩帶，一手搭著月光的肩，只覺得眼前花花亂亂的什麼都看不清楚。

「狄，背包在你身上，別擔心，米米來了！」月光這麼說的同時，將狄念祖推到窗邊，突然彎下腰，雙手環住狄念祖雙腿。

「月光？」狄念祖呆了呆，感到自己雙腳騰空，有些不安地問：「妳想幹嘛？」

「狄，你放心，我帶你離開這裡，我不會讓你被蜘蛛吃掉的。」月光這麼說，猛吸口氣，雙手一舉，竟將狄念祖扔出窗外。

「哇——」狄念祖駭然大驚，卻發現自己的身子僅在空中盪了一、兩秒便緩和下來，腰間像纏著條東西，本能地伸手去摸，只覺得那東西光滑冰涼，原來是米米攀在牆外，以銀臂捲著他。

米米此時的模樣倒也有幾分類似蜘蛛，她化出六條銀臂，抓著牆沿、樓下的鐵窗和壁面外露的鋼筋，將身子牢牢固定在牆外，另外兩條銀臂，一條纏著狄念祖、一條纏著月光。

月光也攀出窗外，雙腿上攀著數隻螃蟹大小的蜘蛛，牠們的毒牙粗細如同惡犬利齒，狠狠咬著她的雙腿不放，一道道發黑的毒血自她雙腿淌下。

「公主！」米米見狀，立時甩出銀臂，化作利剪，將攀在月光腿上的蜘蛛一一剪死，跟著纏著月光和狄念祖，轉向往上，一路攀上頂樓。

「米米，妳上樓……幹嘛？」狄念祖揉著太陽穴，不曉得這怪藥效力究竟何時才退，焦急地問：「糨糊和石頭呢？妳……是怎麼找到我們的？」

這兒幾棟公寓樓頂相通，他們循著頂樓圍牆前進，只見側面幾處公寓樓房歪斜，壁面青苔、藤蔓叢生，已和傾塌多年、花草遍布的土石山腰融爲一體，想來是當年土石流受災最嚴重的幾處樓房。

而他們腳下這數棟樓房，雖也有一小部分埋在土堆中，但結構尚完整，因而也成了這批大小蜘蛛的主要巢穴。

往下望去，積滿土石雜草的巷道中，大大小小、形色各異的蜘蛛胡奔亂竄，往斜坡下方的某處轉角推進，轉角那兒傳出一陣又一陣激烈的打鬥撞擊聲。

不久之前，米米帶著糨糊和石頭，自山水宿舍那漆黑地下室返回樓上住處，取得照明設施，再次攻入地下，他們在抽風設備間裡發現一處洞口，洞裡有些腥黏蛛絲，他們通過那漆黑深洞，來到位於山水宿舍後方的垃圾處理區，循著蛛絲繼續向上，沿途見到蜘蛛就打，一路打到這老舊社區外圍空地。

米米帶著狄念祖和月光來到這排公寓邊緣，只見底下是一塊空地，成千上萬的大小蜘蛛，將一顆生滿鈍刺的大球體圍在中央。

只見那顆大球直徑將近兩公尺，忽前忽後地亂滾，一會兒撞翻幾隻中型蜘蛛，一會兒輾碎一片小蜘蛛，天誅女王在遠處氣急敗壞地指揮著蜘蛛軍團，卻拿這大球沒轍。

這大球自然是糨糊和石頭合體化成，蛛毒對他們的身體起不了太大作用，大部分中小型蜘蛛毒牙也穿不透石頭身軀，米米便是趁著石頭和糨糊大鬧之時，化作長蛇繞開蜘蛛大隊，抵達公寓樓房尋找狄念祖和月光。

「糨糊、石頭，我找到公主了，快來接我們——」米米躍上牆沿，對著大球喊著。

「公主！」糨糊和石頭聽見了米米叫喚，立時往公寓方向快速滾動，輾斃一大批大小蜘蛛。

「男人——」天誅女王見狄念祖和月光站在牆邊，怒不可抑，厲聲吼著：「你怎麼逃出來的？你得和我生孩子，你以爲逃得了嗎——」

「……」狄念祖知道這天誅女王不可理喻，便也不和她爭辯，突然望見那天誅女王坐下的「椅子」瞪著一雙奸邪眼睛，又嫉又恨地望著自己，便大聲喊：「女王，不是我想逃，是妳的『椅子』派出大批手下殺我，他不准妳和別的男人親熱，他愛妳呀！」

「你看，我差點被他殺死啦！」狄念祖一面說，還揚起那沾滿鮮血的手向底下展示，他頸子上的傷口猶自淌著血。

「什……麼？」天誅女王愣了愣，低頭望了望身下的「椅子」，說：「你要殺他？他是我看中的男人呀！」

「女……女王，我沒有……」椅子連連解釋：「您別聽他亂說，我沒那麼做……況且、況且，他配不上女王妳……」

「椅子，你別慌！」狄念祖扯著喉嚨鬼叫：「我看你像蜘蛛多些、你的女王像人多些，你不懂人類、不懂女人、不解風情，我教你，總之你別管她說什麼，直接抱著她親她，把舌頭鑽進她嘴裡，鑽得越深她愛你越深，人類都這樣子求偶！」

「男人，你說什麼！」天誅女王雖有人類基因，但顯然對於人類情愛十分陌生，「椅子」對她而言，只是聽話好用的屬下、坐騎、工具，她從未將椅子當成生育後代的對象。她低下頭，見椅子望著她的神情，就像是望著心儀的女神那般；這神情她以往見得多了，只當成是下屬對自己的崇拜，但此時讓狄念祖這麼一說，覺得椅子望著自己的眼神果眞有種說不出的古怪。

天誅女王被椅子的眼神瞧得渾身不自在，索性躍下椅子，揚起手來，指著樓頂上的狄念祖和月光。「抓住他們，別讓他們跑了！」

四周成千上萬的大小蜘蛛，聽了天誅女王的號令，立時湧向公寓，紛紛爬牆向上，公寓後方那些椅子派出的追兵，也早自窗口湧出，一路朝狄念祖等人追來。

狄念祖見石頭和糨糊化作的大圓球，在距離這公寓還有十數公尺遠的地方被一隻一層樓高的巨型蜘蛛攔下，大圓球生出石柱突撞巨型蜘蛛的胸腹，巨型蜘蛛也高舉前足還擊，一時間戰得難分難解。

「椅子、椅子！你看好，這就是雄性人類追求雌性人類的方式！」狄念祖亂喊一陣，突然伸手摟住月光，繞轉半圈，擺出好萊塢電影風格的姿勢，在月光唇上重重吻了下去。

「飯，你這不要臉的傢伙，竟然這樣吃公主嘴巴——」糨糊遠遠地探出眼睛，見到狄念祖用這動作親吻月光，還向底下耀武揚威，可嫉妒極了，自大圓球裡探出十數條黏臂，持著刀械棍棒朝那巨型蜘蛛頭上的複眼群一陣痛毆，一下子將牠八顆複眼打爆七顆，同時石頭也化出幾柱石矛，倏地刺中巨型蜘蛛那柔軟腹部，大蜘蛛一陣哆嗦，縮成一團癱死在地上。

這頭，椅子張大了口，不可置信地望著吻著月光的狄念祖，像是親眼目睹神蹟，瞧得口水都淌了下來，忍不住扭頭瞥了天誅女王一眼，暈茫茫地只覺得天誅女王暴怒的神情可愛至極，耳邊還迴響著狄念祖的喊話：「椅子哥，快照著我的話做呀，親她、快親她，親了她就會愛上你，你不但能抱得美人歸，而且從今以後就是蜘蛛大王啦——」

「男人，你鬼扯些什麼！」天誅女王怒不可抑，大步走向公寓，大聲喊著：「你等著，我親自來逮你，我要你立刻和我生孩子——」

一隻手拉住了她。

她回頭，只見始終趴伏在地上的椅子，竟高高站了起來，比她更高出一個腦袋。

「女王……」椅子顫抖地說：「他配不上妳，我……我……」

「你做什麼，椅子？」天誅女王讓椅子的神情給嚇著，連忙甩著手，一時竟甩不開他，身爲這蜘蛛軍團第二號角色的椅子，力氣比她想像中大得多。

椅子記性倒好，竟將剛才狄念祖親吻月光的模樣學得維妙維肖，俐落地摟住天誅女王的腰，轉繞半圈，一張血盆大口牢牢蓋上天誅女王紅唇。

在那短促的一瞬間，椅子像是觸電一般，腦袋裡閃過無數美好的畫面，包括他與天誅女王生出一堆小蜘蛛、包括他威風凜凜指揮著蜘蛛大軍統治世界；或許是這些畫面太過美好，美好到令他感受不到疼痛的緣故，他甚至感受不到懷中那驚怒交極的天誅女王一爪捏進了他頸子裡。

天誅女王數枚毒牙全釘進椅子喉間，但椅子卻怎麼也不放手，更不鬆口，他那張大嘴幾乎包裹住天誅女王整個下半邊臉部，天誅女王兩隻圓瞪大眼怒得像是要炸出火來，再揮一爪拍在椅子臉上，又釘入數枚毒牙。

椅子還是不放手、不鬆口。

「糨糊，接著我！」米米高叫一聲，身子旋揚成長鞭狀，猶如一條高傲的眼鏡蛇，朝著滾來的大圓球鞭甩而去。

啪地一聲，米米用整個身子化作的銀鞭，牢牢捲住滾至公寓底下那大圓球的一根鈍刺。

這頭，米米固定在公寓壁面上的這端，開口說了話：「公主，讓湯圓變成滾輪，我們下樓。」

「嗯。」月光和小侍衛們對於這種移動方式顯然並不陌生，月光立時晃了晃湯圓，湯圓立刻便化成一個輪軸，突出兩支握把，讓月光單手握著。

「我們這樣子下去啊……」狄念祖見月光翻過圍牆，落在底下陽台突出的樓板上，且將那輪軸另一端遞向他，他雖對這種脫困方式有些遲疑，但一來不想讓在底下叫囂的糨糊瞧扁了，二來眼見前後的蜘蛛大軍就要包圍上來，只好硬著頭皮也翻過牆，握住湯圓滾輪握柄另一端。

兩人將滾輪抵在米米化作的銀鞭上，緊緊摟著對方，在蜘蛛大軍襲來的前一刻飛盪下去。

「椅子，你好樣的——」狄念祖激盪竄下，對著下方的椅子豎起大拇指。

椅子數隻又細又長的手腳，姿態古怪地纏抱著天誅女王的身體，臉上被暴怒的天誅女王扎上十數枚毒牙，卻死也不放手、死也不鬆口，罩著天誅女王嘴巴裡的長舌猶自貪婪地滾動著，心中還縈繞著狄念祖的建言：舌頭鑽得越深她愛你越深。

「公主！」糨糊大叫一聲，大圓球化出個大開口，糨糊在裡頭早備妥了軟綿綿的五星級座位迎接月光。

噗地一聲，月光和狄念祖撞進那大圓球裡，下一刻，石頭和糨糊快速變形，上部變出一輛小車身，下部生出六條長足，將車體高高舉起，乍看之下與蜘蛛倒有些相似。

米米見月光和狄念祖平安脫困，便鬆開公寓壁面，身子快速抽回，瞬間也竄入小車後座，喊著：「糨糊、石頭，走吧！」

「衝啊——」糨糊一聲怪叫，合體小車立時轉向，往山下奔衝。

公寓底下的蜘蛛大軍亂成一團，攀上去的蜘蛛們找不著狄念祖和月光，底下的蜘蛛們全讓糾纏在一塊兒的天誅女王和椅子嚇傻了眼，大部分的蜘蛛智能極低，平時全聽女王號令行事，但此時天誅女王嘴巴給椅子重重吻著，說不出話，得不到命令的蜘蛛們便也沒有進一步追趕狄念祖等人。

「飯，你快點說，你爲什麼一天到晚偷吃公主嘴巴！」糨糊在小車內探出海星形臉孔，斥責著狄念祖。

「我也可以吃你嘴巴啊。」狄念祖再次大難不死，開心大笑，一把抓住糨糊那海星小分身，嘟起嘴巴就要親他。

「噁心！」糨糊咬了狄念祖虎口一下，縮回海星小分身，從椅背和車門探出幾只黏臂拳頭，對著狄念祖全身四面亂打。

在打鬧中，這六足小車循著山路飛逃回他們的小皇宮。

CH02 橋

附近數條巷子除了遠處的燈火微光之外，唯一的光源，是那百公尺外的便利商店。便利商店門外架著重重拒馬，有數名持槍武裝人員站崗守衛。

那些武裝人員戴著印有神祕圖樣的袖套，那是聖泉派駐在「安全區域」內外負責維持治安的組織，直接聽命於聖泉集團高層，成員大都是前軍警人員。

這些武裝人員的神情冷漠而疲憊，像是不明白自己爲什麼會站在這個地方，也不知道未來該如何是好，他們默默無語地望著遠處一棟漆黑商業大樓上一面半毀螢幕牆。

那有些短路的螢幕牆猶自運作著，昏暗閃爍的畫面，顯示著世界各地安全區域外的殺戮慘況。

數個直升機空拍鏡頭畫面裡，無以計數的怪物們開始緩慢集結，一步一步地朝向駐守著聖泉夜叉團、武裝人員的安全區域逼近。

在一陣煽動的旁白過後，畫面切換成全球各地安全區域中的集會場所。

成千上萬的人們將雙手擺在額前，誠心誠意地祈禱著。

講台上的主持人，激昂且沙啞地對著鏡頭嘶吼，聲稱只要大家齊心協力，一同祈禱，七天之後，奇蹟必然降臨，屆時聖泉集團會在神力加持之下，帶領眾人擊敗奈落怪物大軍。

一名短髮女子提著一只手提箱，低伏著身子，小心翼翼地避開那些武裝人員，穿越過街，奔入暗巷之中。

她肩上伏著一隻貓，那貓捧著一支手機，急促地按著按鍵。

「小狄，我們過街了，你在哪兒？」傑克對著手機嚷嚷起來。

數條黏臂倏地伸來，同時捂住傑克和那女子嘴巴，將他們捲進了暗巷更深處。

「別出聲。」狄念祖自陰暗處現身，向那女子點頭致意，走到她身邊，對著她肩上的傑克低聲叮囑：「夜叉就在附近，你一鬼叫，我們立刻會被發現，知道嗎？」

傑克連連點頭，狄念祖這才對身旁的糰糊使了個眼色。

糰糊收回黏臂，那短髮女子白了狄念祖一眼，揉了揉被黏臂捲得發疼的腰，她是莫莉。

傑克自莫莉肩頭蹦起，撲上狄念祖腦袋，揪著他的頭髮亂扯，氣呼呼地在他耳邊說：「小狄，你當我是菜鳥嗎？我替基地出生入死，你以爲我連這點警覺性都沒有嗎？

我可是……」

「別吵、下來！好好好……是我不好……」狄念祖急忙安撫著傑克。「我知道你是百年來最偉大的貓特務，我不應該小看你。」

「這還差不多！哼……嗚嗚、喵嗚……小狄，那時我們都以爲你死定啦……喵嗚、嗚嗚！」傑克讓狄念祖抓了幾下小腦袋和頸子，貓性一起，突然感傷起來，抱著狄念祖的脖子使勁磨蹭，像是要對著他耳朵說上一整晚的廢話。

「你夠了。」莫莉上前揪著傑克後頸，將他一把扯下。

「呼……」狄念祖吁了口氣，抬起頭，望了望蹲伏在數公尺外一處公寓鐵窗上戒備的米米。

米米對他打了個暗號，表示四周安全。

「你說的那隻『老乖』在哪？」莫莉這麼問。

「跟我來。」狄念祖指了指後方巷子，領著莫莉轉入巷弄深處，不時回頭對她說：「你們的計畫有漏洞。」

「你爲什麼這麼慢才和我們聯絡？」傑克甩開莫莉的手，撲上狄念祖背後，對著狄念祖後腦掄起左右勾拳。「你在偷懶對不對？你逃出去之後，成天跟月光小姐窩在一起談情說愛對不對？還好我們當時很快就從魚朋友們口中得知你們逃出去的消息，不然肯定要哭死了。喵嗚，我知道了，你故意不跟我們聯絡，就是想要看看我為你掉眼淚，對不對小狄？你這個壞蛋！其實當時呀，我眞的流了不少眼淚喵嗚……」

「你不要囉嗦好不好……」狄念祖不時抬頭，與高處的米米透過簡單的手勢交換訊息；在米米的提示下，狄念祖領著莫莉、傑克和糨糊避開在巷弄內巡邏的武裝人員，一面低聲對著莫莉和糨糊說明：「聖泉現在監控了全世界的通訊設備和網路，我在連上網路的第一時間就發現了這一點，我要是直接用電話和你們聯絡，立刻就被發現了！」

「直到這兩天，我才從以前交換訊息的私人部落格，追蹤到你們的成員，一路駭進莫莉的手機，在裡頭留下訊息。」狄念祖攤著手說：「你們太大意了，我發現你們用來通訊的幾個私人站台，裡頭有聖泉資安人員留下的後門，現在你們用來通訊的管道，都在聖泉的監視下，你們的反攻計畫，已經曝光了！」

「……」傑克與莫莉相視一眼，噗哧笑了出來，他翻上狄念祖肩頭，拍了拍他腦袋，總算露出了幹練特務的神情，低聲說：「我們知道。」

「哦。」狄念祖挑了挑眉，說：「所以七天後獵殺袁唯的計畫，是你們故意放出來的假消息？你們另有打算？」

「狄念祖，你未免太小看我們了。」莫莉哼了哼：「全世界反聖泉的組織不少，我們寧靜基地在生物科技、人力資源、作戰武器上或許比不上其他外國組織，但在電腦情報戰上，你以爲我們會屈居下風？你忘記你爸爸也是我們的夥伴之一嗎？」

「這倒是。」狄念祖聳聳肩，心想貴爲聖泉資訊安全部門最高主管的狄國平，同時也是寧靜基地核心成員，那麼寧靜基地的成員們必然具有相當程度的資安觀念，不會那麼容易便讓人逮著破綻。

「我們從深海神宮回到地面之後，立刻聯繫各地夥伴進行反攻計畫，聖泉企圖監控全球通訊設備這件事，我們早就知道了。」莫莉這麼說：「我們有好幾套自行開發的加密通訊設備，被你和聖泉攻破的那些機器裡的漏洞，是我們故意留下的圈套，否則就算是你，也未必這麼容易攻破我們的電腦。」

寧靜基地透過在聖泉監控下的通訊設備，持續釋放出假情報，目的是藉此掩飾眞正作戰計畫。

此時此刻，全世界每個角落，所有新聞媒體二十四小時報導著康諾一方的奈落大軍，將會在七天之後對各地安全區域發動總攻擊。

而包括深海神宮、寧靜基地等正牌的康諾人馬們，都知道這是袁唯親手編排的拙劣劇本。聖泉聲稱久未露面的袁唯在第五研究本部一戰中身受重傷、生命垂危，實際上卻正接受濕婆基因的最終轉殖工程。

眾人研判，袁唯會在七天後奈落大軍進犯各地安全區域時，以天神的姿態現身，在全球媒體面前展現神力，帶領聖泉大軍殲滅奈落怪物，將以往只存在於各宗教典籍當中的神蹟，透過媒體讓全世界人民親眼目睹。

袁唯不缺錢、不缺權、不缺力量，缺的只是榮耀和傳說。他好大喜功，想要讓全人類對他膜拜，這也是爲什麼他任羅剎肆虐至今，各國新聞媒體、網路通訊依舊維持運作的原因；他樂於讓世人討論他的偉大，同時也監控著那些不利於聖泉、不利於他的言論。肆虐各地的羅剎們往往會優先突襲那些對袁唯提出質疑的小勢力，甚至是個人用戶，再由夜叉團出面善後，剷平一切。

以深海神宮、寧靜基地爲首的反抗勢力，表面上計畫在七天之後發動全軍，圍攻袁唯的預定現身處，實際上卻另外準備了一個能令袁唯措手不及的奇襲方案。

「你們的奇襲方案是什麼？」狄念祖聽傑克大致說明後，這麼問他。

「小狄，我考考你。」傑克舔了舔爪子說：「如果是你，你會怎麼做？」

「當然是袁安平。」狄念祖說：「只有救出袁安平，幫助他奪回權力，才有可能阻止袁唯……但這得有幾個前提——袁安平得活著，且腦筋還正常……」

「啊呀，小狄你不愧是我的最佳助手，我們就打算這樣喵！」傑克喵喵笑著說：「袁安平確實活著、連他們老爹袁齊天也活著，他們現在正在聖泉海洋公園的實驗室裡睡大覺，我們躲在海洋公園裡的夥伴隨時可以進入實驗室，解除睡眠設備，叫袁大哥起床呢喵！」

「什麼？」狄念祖聽傑克這麼說，倒是出乎意料，他想不到寧靜基地和深海神宮竟聯手將反攻計畫推展到了這一步，他問：「你們在海洋公園裡還有其他臥底？」

「是呀……」傑克聳聳肩說：「神宮的魚朋友們，最近開始滲透進聖泉海洋公園裡，我們將整個海洋公園都摸了個一清二楚，包括海洋公園底下的地底實驗室！」

「有這種事？」狄念祖不可置信地說：「海洋公園是當初袁唯發動創世計畫的地

方，是袁唯神話故事裡的聖地，那裡守備森嚴，這麼容易讓神宮的人混進去？難道是因爲杜恩不在的關係？」

「小狄！」傑克扠著腰，氣鼓鼓地說：「那個地方確實守備森嚴，但我們的魚朋友可是憑眞本事闖進去的，我敢跟你打賭，就算杜恩親自坐鎮，也擋不住深海神宮的魚朋友，你太小看神宮的實力了——」

狄念祖不置可否，說：「所以你們打算在七天後，趁著袁唯自導自演大戰奈落大軍的時候，從海洋公園內部發動突襲，劫出袁安平，助他奪回大權？」

「大致上是這樣沒錯。」莫莉說：「但這個計畫有個難題，聖泉海洋公園裡的最高層是聖泉的神之音部門，這批傢伙只聽袁唯的命令，就算神宮人馬成功入侵地下實驗室，破壞睡眠艙、喚醒袁安平，也很難將他帶離實驗室大門，我們必須讓更多夥伴潛入海洋公園，聚集足夠力量，一舉攻入地底實驗室，才能將袁安平從地底帶出，在第一時間內抵達能夠對全球聖泉部門下令的發言場所，讓他有足夠的時間對全球部門下達命令。」

「小狄，我們需要你的力量。」傑克揪著狄念祖的頭髮，說：「你得幫我們駭入海洋公園的電腦主機，關閉某些管道的監視系統，才能幫助更多魚朋友混入海洋公園。」

「我可沒這個本事。」狄念祖打了個哈哈，他見傑克瞪大眼睛，露出不可置信的神情，便解釋：「聖泉啓用了一套全新的電腦資安系統『冰壁』，我可能得花上好幾年的時間才能夠破解冰壁的防禦演算法，不過……」

「但只要等老乖醒來。」狄念祖說：「應該就能打開冰壁上的暗門。」

「什麼冰壁？什麼暗門？什麼老乖？」傑克攤著爪子說：「我一點也不明白你在說什麼呀小狄。」

「『冰壁』是我老爸還在聖泉時，提出的資安計畫，那是一套生物電腦系統，冰壁所使用的機器語言，和現今通用的電腦系統有些不同，在聖泉內部也只有少部分人員懂得操縱。冰壁的終極目標是取代聖泉內部所有的電腦設備，而目前，它僅被當作防火牆使用，光是如此，便已足夠阻擋外界一切攻擊了。」狄念祖繼續說：「至於老乖，他是一隻狗。」

「一隻狗？」傑克不明所以地問：「電腦跟狗有什麼關係？我最討厭狗了，哼……咦？小狄，誰告訴你這些事的？」

「我老爸告訴我的。」狄念祖淡淡一笑，三天前，他們自天誅女王的勢力範圍逃回山水宿舍，匆匆地打包行囊，逃往市區。

沿途狄念祖趁著休息時刻，檢視了自手提箱裡取得的那只隨身碟。

隨身碟裡有幾份文件檔案，其中一份檔案詳述著幾管針筒藥劑的效力和用法，例如「體力倍化劑」只需五毫升的劑量，便能夠使一名正常成年人的體力強化三倍至五倍，超過十毫升時，則會出現嚴重的反效果。

狄念祖這才知道，他在廢棄公寓時的嚴重暈眩症狀，便是因爲他將一整管、總劑量超過五十毫升的體力倍化劑一口氣注入體內，若非他身體裡有長生基因，可要喪命了。

隨身碟中第二份檔案，詳述聖泉最新資安系統「冰壁」的硬體架構和運作方式，由於冰壁使用的機器語言與現有的電腦設備有所差異，狄念祖無論如何都不可能在短時間內摸索出破解之道，他得找到「老乖」。

老乖是一隻狗。

狄念祖認眞研讀檔案內容，總算想起了「老乖」。許多年前，老乖不叫老乖，叫「小乖」。

小乖是以前他家附近一條雜種小土狗，沒有主人，食物來源是附近的垃圾桶，和鄰居小妹妹偶爾提供的剩飯和肉骨頭。

狄念祖其實僅見過小乖幾面而已，他依稀想起許多年前某一天清晨，在陽台穿鞋準備出門上學的他，被樓下鄰居小妹的尖銳哭聲嚇了好大一跳——

小乖被一輛疾駛而過的汽車輾過後半邊身子，吐血不止、奄奄一息。

鄰居小妹哭紅了眼，附近幾個熱心的鄰居紛紛圍上去探望，有的乾瞪眼直搖頭，有的對著早已不見蹤影的汽車駕駛厲聲咒罵，卻全都無能爲力。

小乖傷得太重了，後半邊身子幾乎癟了，臟器從肚腹裂口中洩流一地，所有人都知道即便將小乖送醫，也只能落得安樂死的下場。

有些鄰居們知道狄念祖的父母在聖泉藥廠工作，狄念祖的媽媽是藥廠研究員，有醫事背景，在兩、三名大嬸纏夾求助下，狄念祖的媽媽也從善如流地以塑膠袋和浴巾將小乖裹起，安撫那鄰居小妹，說會帶去園區，讓有獸醫背景的研究員同事死馬當活馬醫。

狄念祖只記得那天晚上，返家的媽媽面對他的詢問，僅淡淡地對他說小乖沒能活下來。他一點也不意外，儘管他當時年幼，卻也知道任何動物一旦受到那種程度的傷害，只有在卡通影片裡才能夠復元。

直到他讀到這份檔案，才知道那時小乖其實活下來了。

然而當時聖泉生物科技並不如現在先進，小乖接受過幾項強化生命力的基因治療後，雖然保住了一條小命，模樣卻與往常大不相同，且從此被養在園區裡；狄念祖的父母也未曾提及這件事。

許多年下來，小乖成了「老乖」，也參與過幾次基因改造實驗，獲得了某些奇特力量。

小乖最後一次所接受的改造工程，只花了三十分鐘。

那是一次極不專業的改造工程，由不具備醫療背景的狄國平親自操刀。

這是在寧靜基地對聖泉電腦部門發動總攻擊前一刻的一次計畫外的行動，當時寧靜基地成員早都各就各位，等候狄國平的通知，沒有人知道狄國平在發動攻擊前，額外替小乖進行的這項改造手術。

由於機器語言上的差異，「冰壁」與傳統電腦系統之間，得藉由一套專責轉碼的硬體設備來交換兩邊資料。

這套轉碼硬體設備，在聖泉內部被稱之為「橋梁」。

老乖便是狄國平親手製造出來的一座橋梁。

是狄國平留給狄念祖的最終祕密武器。

「那現在那隻狗在哪兒呢？」傑克在聽完狄念祖大致敘述了老乖的由來之後，這麼問著：「我們該去那兒找他呢？」

「昨天我們找到了他。」狄念祖領著莫莉、傑克和糰糊，來到一處窄巷之中，他伸手，對著糰糊往上頭指了指。

糰糊甩甩胳臂，伸出兩條黏臂向上延伸，不一會兒，便鉤住了三樓公寓後陽台鐵窗，跟著他又搖搖屁股，身上變化出一塊平台，狄念祖招呼著莫莉，一同踩上那平台。

那平台托著狄念祖和莫莉，緩緩向上升，像是電梯般將狄念祖和莫莉托上公寓三樓後陽台。

只見鐵窗上的小安全門微微敞開，狄念祖鑽了進來，且將莫莉也一把拉入裡頭，拍了拍糰糊黏臂，又對著攀在對面公寓樓頂牆沿的米米揚了揚手。

「這裡是……」傑克仍不明白這是哪兒，直到狄念祖帶著莫莉和他經過廚房、經過客廳，見到散落在牆角的螃蟹甲殼，這才想起，這是狄念祖的家。

在許久之前，他和那已故好友水頭陀，曾在這地方經歷過一場螃蟹大戰，且在戰勝之後吃了一頓螃蟹大餐。

此時狄念祖家中光線昏暗，所有的窗戶都以木板封死，這是避免夜晚房間燈光露出而讓附近的武裝人員發現。

狄念祖帶著莫莉進入狄國平的書房，房中僅點著一枝小蠟燭，光線昏暗，牆上的窗戶同樣以木板封死。

月光蹲在角落，她的身旁伏著一條一動也不動的傢伙——老乖。

此時的老乖毫無知覺，軟綿綿地癱在地上，他瘦得像是一具骷髏，後背隆起，有如駝背，四肢詭異地扭曲，全身幾乎無毛，僅在腳踝處尚留有幾撮硬邦邦的灰毛簇。

「他就是老乖啊？」傑克探頭瞅著老乖，躡手躡腳地走到老乖身邊，皺起眉搖搖頭。「長得好醜喔，比一般的狗還要醜……」

「你怎麼找到他的？」莫莉也來到老乖身邊蹲下，揭開手提箱，取出裡頭的醫療用具，替老乖進行檢查。

「我之前曾經見過他……」狄念祖攤了攤手，他確實曾經見過老乖，且就在自家樓梯間，那時老乖比現在略胖些，渾身沾著濃稠油脂。

當時狄念祖剛被傑克注射了變質的長生基因沒多久，那變質的長生基因令他連日遭到各種動物們的莫名攻擊，因此當他一見到詭怪至極的老乖出現在自家樓梯間時，以爲老乖和附近野狗一般也想攻擊他。他將大門深鎖，將老乖阻隔在門外。

當天，他遭遇到一群恐怖螃蟹襲擊，直到傑克帶著水頭陀現身救他爲止。

「他似乎一直躲在我家樓頂。」狄念祖呼了口氣，來到電腦桌邊，拉開椅子坐下。「我不知道他的身體出了什麼問題，總之他和我老爸在檔案裡形容的狀況不太一樣，他應該具有一定程度的智商，能像傑克一樣會說人話，他會進一步告訴我接下來該怎麼做……」

「如果按照你的說法，你爸爸對這條狗進行了改造工程，但你爸爸並不是研究人員、更不是醫生，他是搞電腦的，或許手術過程中出了什麼差錯……」莫莉替老乖進行了簡易的檢查，望著角落幾瓶東西和一管注射藥劑，她拾起那藥劑，轉頭問狄念祖：

「這是什麼東西？」

「我爸爸留給我的藥，他說這是老乖專用的營養針。」狄念祖攤了攤手，兩天前他與月光在自家頂樓水塔底下，發現了奄奄一息的老乖，他倆將老乖帶回家中，卻搖不醒他，狄念祖按照檔案中的說明，找來了汽油打算餵食老乖，但老乖連動都不動、眼睛嘴巴都睜不開。他翻看著那管註明「老乖專用」的藥劑，卻也不知道該往老乖身上哪個地方扎。他親身經歷過「體力倍化劑」的折騰，知道這些藥劑不能隨便亂用，只好吩咐月光看著老乖，自個兒專心操作電腦，試圖與寧靜基地聯繫，總算駭入了莫莉手機，這才成功將莫莉找來幫忙。

「這只是一般的營養劑……」莫莉以試紙測試了「老乖專用」的藥劑之後，皺了皺眉，隨手一拋。「且早已變質了，還好你沒用在他身上。」

莫莉以自行帶來的針劑，在老乖身上接連注射三劑，跟著替老乖接上一只點滴。

「我不清楚生物電腦，但我知道他太虛弱了。」莫莉揭開老乖的嘴，檢查著那條皺得像是蜜餞般的舌頭，又以手電筒照向老乖灰濁的眼珠。

老乖的瞳孔對於光線一點反應也沒有。

「說不定他已經死了。」莫莉無奈地對著狄念祖說：「他現在某些微弱到不行的生命跡象，可能只是身體裡一些儀器的運作反應。」

「盡人事，聽天命了。」狄念祖攤了攤手，問：「我有點好奇，按照妳剛才的說法，深海神宮現在正暗中將人馬送入聖泉海洋公園，且因爲監視嚴密，送入的夥伴還不足以救出袁安平，那麼，七天之後如果人力還是不夠，突襲計畫不能延後嗎？」

「原則上是可以。」莫莉說：「我們也在猶豫，這牽扯到幾個部分，我們推測目前袁大哥應該並沒有接受過洗腦工程，畢竟對於袁唯而言，袁大哥和袁齊天是家人，而不是聽話的布偶，聽話的布偶袁唯已經有太多了。他大概想要在一統世界之後，找個適當的時機，喚醒他的大哥和爸爸，向他們展示自己的豐功偉業。我們推斷袁安平的記憶和思想都停留在『睡前』，我們將希望寄託在這個假設上——喚醒袁安平，幫助袁安平以聖泉最高領袖的身分出面阻止袁唯。」

莫莉觀察著老乖的情況，繼續說：「七天之後那場聖戰，是重要關鍵，如果讓袁唯成功演出一場好戲，他的地位將會無上限地升高到接近神的境界，在那之後，即使我們搬出袁安平這面招牌，也未必能夠撼動袁唯在聖泉部門乃至於全世界的地位了；二來，斐姊跟斐霏身亡的消息已經傳開來了，當時水裡有些小魚小蝦目睹了後續經過，將訊息回傳給我們，我們也在第一時間便告知了斐家，現在的第五研究部由斐家兩兄弟共同領導，作戰方針則由溫妮一手指揮，他們否決了某些幕僚提出任何類似『持久戰』之類的提案，溫妮動用第五研究部一切能夠動用的資源和力量，要在七天後趁袁唯出面時和他決一死戰，即使玉石俱焚也在所不惜。若我們在那時機缺席，等同讓斐家與溫妮獨力赴死，在那之後，若沒有第五研究部的支援，我們更難扭轉情勢。」

「三來，現在袁唯本人並不在海洋公園裡，他在他自己的第三研究部實驗室裡接受濕婆基因轉殖工程手術。聖戰那一天才會動身前往海洋公園，在奈落大軍進攻安全區域時現身，在安排好的媒體前一舉消滅奈落大軍，讓神蹟傳遍世界。」莫莉解釋：「而海洋公園裡駐紮著大批兵力，會在奈落大軍殺來時負責扮演抵抗的一方。在那個時候，海洋公園裡的守衛力量是最空虛的時刻，若聖戰結束，袁唯大概會正式進駐海洋公園，到時候我們即便引進更多人馬，也佔不到便宜了。」

「原來如此，這麼說來七天之後那場猴戲，或許眞是我們唯一的機會了……」狄念祖抓了抓頭，心想若眞讓袁唯完美演出一場好戲，擄獲全球人心，在那之後，袁唯的力量將無法動搖。

眾人唯一的反撲機會，便只有趁著袁唯一心大顯神威之際、海洋公園守備空虛之時，搶出袁安平，在全球鎂光燈的焦點下，讓袁安平親自出面揭穿袁唯這齣自編自導自演的造神故事。

「咦！」傑克突然插口：「醜狗眨眼睛了！」

狄念祖望向老乖，只見老乖那半閉的眼皮底下，本來灰濁乾涸的眼珠，似乎濕潤許多，有了些許生氣。

CH03 老乖

狹小的後陽台擺著一張躺椅，狄念祖躺在躺椅上，雙手枕著頭，望著鐵窗外的天空。

爲了避免被夜叉和武裝人員發現，狄念祖分派眾小侍衛們輪流守著前後陽台，有時也與月光親自上陣，讓小侍衛們休息。

糨糊一條黏臂從廚房繞進後門，在狄念祖腳邊拍了拍，黏臂上頂著一顆睡眼惺忪的眼睛搖搖晃晃，黏臂上的星形小糨糊比手畫腳好一會兒，似乎才想起嘴巴還沒運來，抖動半晌，運來了嘴巴，才開口說話：「飯，狗會說話了，他有話要跟你說。」

「什麼！」

狄念祖睜大眼睛，從躺椅上蹦起，急急奔回書房。

他見到莫莉蹲在老乖身旁，連忙湊上去，只見老乖雖仍虛弱，但四肢已能動彈，正艱難地試著站起，歪斜微敞的嘴巴發出沙啞的聲音：「念祖……」

「我是狄念祖……」狄念祖趕緊在老乖身邊蹲下，伸出手來，卻不知該不該像安撫一般小狗般地摸摸老乖的頭或脖子。「原來你會說話？」

「我終於……見到你了。」老乖伸著舌頭，瞪著狄念祖，此時他的舌頭已不再乾癟，掛在嘴外，淌著滴滴點點的汽油；他一顆眼睛是葡萄般的紫色、一顆眼睛則是灰色，比先前有神許多。

「之前我們見過，對吧。」狄念祖儘管有許多問題想問老乖，但還是最先提出了這個問題。「爲什麼那時你不對我說話？」

「我們見過？」老乖搖搖晃晃地向前兩步，又撲倒在地，連連喘著氣，他說：「好像是吧……對，那時好像見過你一眼……」

「那時我太虛弱了。」老乖舔著鼻子：「我逃出實驗室時受了傷……體力幾乎耗盡了……我按照你父親的指示，替你搬救兵……四處奔波……後頭……後頭，咦？後頭怎樣了呢？」老乖說到這裡，微微地晃起腦袋，半瞇起眼睛望著天花板，嘴角淌下混著汽油味的唾液，嘰哩咕嚕地不知在喃唸什麼。

「這醜狗怎麼像個糟老頭似地呀！」傑克忍不住朝老乖喵嗚幾聲：「快說呀，後來怎麼了？」

「吼——」

老乖本來無力地趴在地上，聽見傑克對他怪叫，猛然蹦了起來，朝著傑克烈吼一聲。

老乖背上、四足踝處那僅存的幾撮毛髮，竟隨著老乖的吼叫燃起火焰。

「哇！」傑克翻了個觔斗向後一彈，滾了好幾圈，溜進了書桌底下。

眾人都讓老乖這態勢嚇了一跳，莫莉後退幾步，說：「這是聖泉的『燃炎動物』。」

「什麼是『燃炎動物』？」狄念祖聽得一頭霧水，一面轉頭問著莫莉，一面安撫著老乖：「老乖，你別生氣，傑克沒有惡意……」

「哼……什麼燃炎動物……」老乖朝著書桌齜牙咧嘴了半晌，開始喘起氣來，身上的火焰漸漸熄滅，緩緩趴下，彎曲的背脊猶自不停起伏著，淌著舌頭說：「汽油……汽油……」

狄念祖本來擔心老乖喝了汽油又要噴火，但見他愈漸虛弱，便又在小碟子裡倒了一小杯汽油，放至老乖面前。

老乖費力地抬起腦袋，甩出舌頭，稀里呼嚕地將小碟子裡的汽油喝光。

「狄念祖呀，你母親救過我一命。」老乖伏在地上，勾著眼睛望著狄念祖。「所以我才答應你父親的請求，幫他跑這一趟。」

「他的請求？」狄念祖不解。「跑這一趟？」

「就是保護你呀……」老乖說。

「你父親計畫毀滅聖泉……他做好犧牲的準備，但擔心留下你一個人……他要我在你身邊幫助你、輔佐你、教導你……哼！我呀，對你們聖泉可沒啥好感！是，你們救了我……卻也不停折騰我……你們給了我智慧讓我能說人話，卻從沒把我當個人看，哼哼……要我幫你！吼！汪汪——」

「你說我爸爸要你幫助我？你是指冰壁對吧。」狄念祖見老乖一會兒痴呆一會兒笑，講起話有些不清不楚，活脫像是個上了年紀的老人家在回憶過往。他心想若是讓老乖自個兒獨白，可不知要講到什麼時候，便打岔問：「我爸在留給我的文件裡，說你被改造成了生物電腦，那麼我該怎麼……該怎麼透過你來破解冰壁呢？」

「小伙子，聽我說話！你就像你父親一樣自以爲是——」老乖睜大眼睛怒瞪著狄念祖，齜牙咧嘴又要冒火，嚇得狄念祖立時張開雙手致歉，並保證乖乖聽他說。

老乖這才滿意，再度伏下，緩緩述說著他被帶入聖泉之後發生的點點滴滴——

那時候，老乖被狄國平夫妻帶入聖泉園區，接受了緊急救治和後續基因療程，他名義上成爲了聖泉的實驗動物，有著正式編號。狄念祖媽媽在世時，老乖著實過了一段不錯的生活，有吃有住，又不用像其他實驗動物那般接受各種古怪實驗，只需要按時觀察身體變化。

但狄念祖媽媽過世之後，老乖的處境難熬了許多，他被當成一般的實驗動物，接受了數種稀奇古怪的改造實驗，包括了獲得人類智力的腦實驗、以汽油爲食，能使身體燃火的燃炎動物實驗等等……這些實驗過程令老乖飽受折磨，在經過這麼一段黑暗歲月之後，老乖的身體也到達了極限，被歸入已經沒有實驗價値的待銷毀實驗品行列中。

在狄念祖媽媽同事的知會下，狄國平向聖泉提出了申請，將老乖從待銷毀動物的身分，改爲員工寵物——

水頭陀和傑克，也是經過類似的流程，成爲了田綾香的寵物。

狄國平將老乖養在自己的辦公室中，他們時常爭吵，老乖時時刻刻唾罵狄國平竟然沒有在第一時間認領他，讓他飽受折磨；狄國平則是聲稱自己這輩子最討厭狗，一點也不想養狗，他是爲了紀念亡妻，才勉爲其難地收留老乖，誰知道老乖竟像個糟老頭子般囉嗦。

一人一狗在這一點上爭執了許久，同樣的話題吵得膩了，便會轉到其他事情上；當他們將話題轉到狄念祖媽媽時，意見便不那麼相左了，他們都同意狄念祖媽媽是個溫柔的好女人。

當然，在某些時候，老乖還是會跟狄國平激烈地吵嘴，通常是在狄國平與田綾香透過電腦或是當面聯繫之後，老乖總會凶猛地質疑狄國平對待田綾香的態度不夠尊重亡妻，狄國平則氣呼呼地反罵「這又關你屁事」。

但他們在某些議題上，意見倒是相當一致。

例如毀滅聖泉。

當老乖得知所謂「燃炎動物」實驗，其實只是爲了取悅袁燁，造出一些「身體著火卻又不會死的動物」，目的是在某些時刻、某些場合裡排整列隊繞圈圈逗袁燁和朋友開心，便怒得全身著火。

經過幾次差點引起火災的經驗之後，狄國平已習慣在辦公室裡擺著盛滿水的水桶和大浴巾，以及兩只滅火器。

自然，有關於寧靜基地、反抗聖泉這類話題，他們當然會有默契地在適當時刻才談論，在其他人眼中，老乖只是狄國平看在亡妻的份上，收留的一隻精神異常的實驗動物而已。

隨著寧靜基地的攻擊計畫持續推展，狄國平不時顯露出猶豫的一面，偶爾會對老乖提出自己心裡的矛盾。

攻擊計畫一旦展開，聖泉便會陷入動亂，屆時幾股勢力開始對抗，世界絕不會平靜。

狄念祖必然也會身陷其中。

令狄國平猶豫的是，究竟該將狄念祖推上第一線，還是該將他藏在第二線，若要他站在第一線，便必須讓他擁有力量和決心，屆時狄念祖必然會憤怒地指責自己爲何不早點告訴他這些事，甚至是激烈反抗他這個父親；但若要寧靜基地成員無條件保護狄念祖，不僅或許會對成員造成負擔，且也難以放心。

這樣的猶豫在與老乖討論過無數次之後，他倆總算達成了粗略的決定和共識，老乖答應替狄國平「看著」狄念祖，在適當的時機提供他有限的幫助和保護。

「火犬獵人」便是基於這樣的前提下寫出的一款程式，它被狄國平視爲狄念祖的保命符，讓寧靜基地其他成員看待狄念祖的角度，從單純的「拖油瓶」，變成略有用處的「夥伴」，讓狄念祖即便變成了拖油瓶，也能當個有貢獻的拖油瓶。

由於這其中總是包藏了私心，狄國平便也並未和寧靜基地其他成員多加討論，而是趁著聖泉檯面上的工作與寧靜基地暗中活動間的夾縫中，一點一滴獨立撰寫著火犬獵人這個程式，他僅要求田綾香，務必將程式交給狄念祖，由狄念祖來決定自己的命運。

在寧靜基地攻擊計畫正式展開的數天前，老乖總算答應了狄國平的另一項要求——成爲「橋」。

事實上，老乖也沒有更多選擇了。

狄國平一旦赴義，老乖又將成爲流浪狗，且踏出聖泉園區之後，甚至不會有人將老乖當成流浪狗，而是將他當成怪物，他得找到個新主人，至少是能夠接納他的新朋友。

然而這一切的規劃都太倉促了，狄國平不是戰略專家也不是生物科技研究員，只是個資安主管而已，他替狄念祖設計的保命計畫有許多漏洞，替老乖進行的手術也不大成功。

然則這已是身爲人父的他，在背負著對抗聖泉這項重大使命之下，使用著殘餘的心力，替兒子規劃的一道微薄的護身符。

攻擊行動發生之後，事情的發展更遠超乎了狄國平當初的想像。狄念祖在傑克自作主張下被注入劣化的長生基因，面臨前所未有的危機；另一方面，老乖當年在進入園區時，只是條數個月大的幼犬，離開時，卻是條老犬，根本不知道園區外的世界是什麼樣子，甚至在逃出園區的動亂過程裡受了不輕的傷，拖著負傷身軀的老乖，可是花了很多時間才找到狄念祖的家，那時他的心力幾乎耗盡，隨時都會倒下。

「當時我見到你……心中的大石總算放下啦。」老乖喃喃地說：「我累壞了，累得站不住啦，我得好好睡上一大覺……我擔心你遭到攻擊，只好放出你爸爸特地爲你飼養的一批衛兵們……」

一群被狄國平養在頂樓的螃蟹。

「什麼……」窩在書桌底下的傑克聽老乖說到這裡，忍不住鑽了出來，瞪大眼睛問：「螃蟹！」

「是呀，螃蟹……」老乖說：「咦，對啦，那些螃蟹怎麼不在你身邊呢？啊呀！

是啊！狄念祖，你還沒注射蟹王基因吶……我搞錯順序啦，我應該先帶你去拿『蟹王基因』再放出螃蟹兵的，你得注射『蟹王基因』，那些螃蟹們才會聽你的話，將你當成大王呀……」老乖瞪大眼睛，像是發現自己犯下了不可挽回的過錯般，用扭曲的雙爪捧住頭，懊惱地吠了幾聲。

「我想那大概是聖泉羅剎部門裡其中一項『節肢動物士兵方案』。」莫莉插嘴補充：「聖泉羅剎千奇百怪，從動物到昆蟲都包含在其中，有些低階羅剎得靠著『頭目』來間接指揮，聖泉指揮者對『頭目』下令，『頭目』再將命令傳達給那些低階羅剎，我想『蟹王』應該就是這類基因，他能夠讓你或是老乖成為螃蟹中的『頭目』。」

「所以……後來那些螃蟹呢？」老乖並不介意莫莉的插話，甚至很享受莫莉的撫摸。自從狄念祖媽媽過世後，再也沒人這樣撫摸過他的脖子了。

「嗯……」狄念祖讀過狄國平留給他的資料，已大略知道先前那批古怪螃蟹的由來，他回頭望了傑克一眼。「那些螃蟹……」

「被我和水頭陀吃下肚了……」傑克有些心虛地看了看自己的小肚子，當時他與水頭陀擊斃那批螃蟹後，燒了好幾鍋水，煮了一頓螃蟹大宴，吃了個十七分飽。

此時傑克害怕老乖又噴火吼他，身子不由自主地往書桌深處縮了縮，但突然想到什麼，又探出頭來，說：「當時那些螃蟹，幾乎要把小狄箝死啦，要不是我帶著水頭陀及時趕到，小狄已經變成碎片啦！」

「什麼？」老乖呆了呆，站起身來，說：「不可能！那些螃蟹是他爸爸從聖泉偷出的幼苗……那是聖泉正規的螃蟹兵，能夠辨識人類基因，除非有『蟹王』下令，否則不會主動攻擊人類，且老狄在開啓幼苗催生系統時，還額外對那些幼苗做了設定，他用自己的血液當作辨識樣本，那些螃蟹兵就算收到了『蟹王』命令，也絕不會攻擊他兒子，我看你這蠢貓是在造謠！」

「醜狗，你說我造謠！」傑克怒眼圓瞪，從桌底蹦了出來，指著老乖叱罵：「小狄人就在這裡，你自己問他，當時要不是我帶著水頭陀以一敵百，大戰那些怪物螃蟹，小狄根本活不到現在──」

傑克和老乖同時望向狄念祖，狄念祖莫可奈何地站起身來，攤了攤手，說：「別吵、別吵，你們兩個都沒錯。」

「我看過我爸爸留給我的資料，那些螃蟹能夠精準地辨識人類氣息，確實不應該攻擊我。」狄念祖這麼說，跟著轉頭望向傑克，緩緩地說：「但那時候，我的人類基因已不那麼純粹了……」

「唔！」傑克這才醒悟，那些螃蟹將狄念祖當成敵人，是因為牠們感受到了狄念祖身上的異種基因氣息——

劣化的長生基因。

傑克的傑作。

「哼！哼哼哼！」傑克毛躁地抓了抓頭，跳腳半晌，又鑽回桌底，大叫：「我沒辦法啊，我有什麼辦法！長生基因要壞掉啦，我又找不到主人，只好那樣做啦，小狄，你每次都提這件事，你、你……」

「我沒怪你啊。」狄念祖冷笑兩聲，說：「我只是拼湊出事情的原貌而已。」

狄念祖花了幾分鐘，將那時候自己的身體產生異變，以致於螃蟹兵們認不出自己的氣息而群起圍攻這件事告訴老乖，自然，他為了避免刺激傑克，對於身體裡那劣化長生基因的由來，便隨口帶過。

「原來如此……」老乖嘆了口氣，說：「這可要怪我啦，那些被養在樓頂的螃蟹大概將附近當成巢穴，我放出牠們之後，牠們反而將你當成了入侵者呀，難怪……」

「本來就該怪你，本來就是你的錯。」傑克在桌底下閃著一對貓眼，氣呼呼地瞪著老乖。「喵嗚……」

狄念祖從後續與老乖的對話中總算知道，當時老乖過度疲累，搞混了狄國平規劃的步驟，並未先帶他前往山水宿舍取蟹王基因，反而先放出了螃蟹兵。

狄國平終究只是電腦高手，並非軍事專家，他的時間被切割得七零八碎，一面得不耽擱檯面上的工作，一面又得與寧靜基地聯繫。許多要留給狄念祖的東西和資料只能夠趁著緊湊的空檔隨意準備、藏放，再在火犬獵人中留下線索，這中間的不足之處，便倉促交代老乖，讓他一手包辦，但老乖這老瘋狗剛接受完狄國平那不專業的改造手術，心力、體力和智力都十分有限。

當時負傷的老乖逃出實驗室，花了比預期中更久的時間才尋到狄念祖家，在極度疲勞之下，胡亂放出了螃蟹兵，自個兒躲在他處好好歇息，醒來之後，狄念祖早已離開了家。

在那之後，老乖花費了許多時間，卻遍尋不著狄念祖，他又回到狄念祖的住處，藏身樓頂，那時他的體力幾乎接近極限，再也無力做些什麼，甚至連思考的能力都漸漸失去，僅能夠憑著本能，盡量地將身子往水塔底下藏，隨著夕陽西下，再次進入夢鄉，這一覺睡得十分漫長，直到前兩晚被狄念祖和月光找著。要是再耽擱下去，他大概再也睜不開眼睛了。

老乖嘮嘮叨叨地又說了些他在尋找狄念祖的過程中，好幾次差點讓夜叉發現的瑣事之後，緩緩癱伏下地，聲音愈漸細微，似乎累了。

莫莉稍稍檢視了老乖的身體後，對狄念祖說：「我們與田姊會合吧，大家早等著你了。」

狄念祖點點頭，讓月光召回窩在四周把風的小侍衛們，大夥兒七手八腳地打包行囊，莫莉將沉沉睡著的老乖放入一只提籃中拎著。

狄念祖指揮眾人離去時，經過客廳，望了望櫃子裡那張全家福照片，照片中的狄國平臉孔被奇異筆塗得漆黑。

他自相框取出那張照片，輕輕搔摳著狄國平臉上乾涸的奇異筆墨汁，一時間也摳不下來。他聽見糢糊的叫喚，便順手將照片放入口袋，隨著眾人下樓。

在以米米為首的小侍衛們作為斥候探路下，眾人一行無阻地通過了武裝士兵們哨站，趕往寧靜基地位於北部海岸邊的臨時據點。

CH04 潛入行動

摻著淡淡鹹味和腥味的海風迎面吹來，不論對於狄念祖還是月光，以及眾小侍衛們，可都是相當熟悉的氣味。

畢竟不久之前，他們在海上漂流了很長一段時間。

糨糊和石頭倚靠在一扇破舊窗邊，望著百來公尺外的海岸，數著海浪拍打岩岸的次數，糨糊每數上五、六次，便要回頭望一望身後那扇門。兩個多小時前，他們抵達了這片海岸，繞入海岸外一片老舊建築群的某間公寓中。

這片區域在不久之前曾遭到羅剎肆虐，此時全無人跡，離這兒最近的安全區域也有十多公里遠。

此時已近黃昏，夕陽距離海面已不遠，眼看便要沉入海中。

糨糊又回過頭，望向身後那扇門，他終於忍不住，對一旁的米米說：「公主呢？太陽要洗澡了，公主不來看嗎？」

「公主和狄大哥正和大人們開會，公主要我們乖乖等她，你忘了嗎？」米米這麼說，他們花了一晚上的時間治療老乖，又花了大半天的時間聽老乖講古，此時距離袁唯的聖戰大戲只剩下六天，狄念祖一行人剛抵達這兒，連感嘆深海神宮那場驚心動魄的大戰感想都省下了，立刻便開始進行反攻會議。

月光擔心糨糊吵著眾人，便要米米帶著他們待在一間空房等候。

這一等，便等足了兩個小時。

糨糊的耐性也漸漸瀕臨極限，開始向米米和石頭埋怨爲什麼怪貓和醜狗都可以與會，而聰明的他卻不行，同時也猜測狄念祖會不會趁他不在的時候又偷吃月光嘴巴。

就在糨糊試圖偷偷伸出黏臂繞過米米鑽出門縫探視情況時，門終於開了。

「我們準備出發。」月光向米米、糨糊等招了招手。

「出發？」米米問：「公主，我們要上哪兒去？」

「之前我們待過的地方。」月光淡淡地說。「海洋公園。」

□

「從這裡下海？」狄念祖呆了呆，望著眼前那座老舊水井。

這老井位在海岸老舊公寓群某條不起眼的窄巷中，田綾香、林勝舟等人在結束作戰會議之後，即刻便帶著狄念祖和月光趕到這口老井前。

「是啊。」林勝舟點點頭說：「在岸邊行動有點醒目，這裡安全許多。」

「雖然有點趕，但晚上是最好的機會，你到了底下，有朋友會帶你過去。」田綾香從隨身行囊中取出兩套潛水衣，交給狄念祖。「事到如今，客套話也省了，我相信你已做好心理準備，大家全力以赴對付這個破壞我們家園和人生的傢伙。人事已盡，最終能否成功，也不是那麼重要了……」

「重要，當然重要，我們一定會贏。」狄念祖見田綾香疲憊至極，顯然爲了這最後反攻布局，這些天來不曾好好休息。他一面換上潛水衣，一面對田綾香說：「接下來交給我，這幾天你們睡飽一點，到時候才有精神支援我。」

林勝舟將兩套蛙鏡和深海神宮的呼吸口罩交給狄念祖，拍拍他的肩。「老弟，我有點慚愧，我這人不像你和你爸爸一樣才華洋溢，我除了出一張嘴，能做的事情很有限，不過我可以保證，只要你有需要，我這條命隨你安排。」

「我沒興趣安排別人的命運。」狄念祖戴上蛙鏡，咬上口罩，哈哈一笑。「大家各安天命吧。」

狄念祖說完，揹上一只特製銀灰色金屬箱子，與換裝完畢且揹著同樣一只銀色箱子的月光來到老井邊。林勝舟揭開壓在井上的木板，一股腥鹹氣息撲鼻而來，井裡的水是海水。

狄念祖搶先躍上井口，揪著井邊的粗繩緩緩向下垂降，足足降了十數公尺，腳才觸及水面。

「月光，要下水囉。」狄念祖仰起頭，提醒跟在他上方的月光後，便沉入水中，緊跟著，月光也落入了水裡。

守在井外的林勝舟，聽見了落水聲，向井裡的狄念祖打了聲招呼，便重新蓋上木板，壓上石塊。

深井之中一片漆黑，狄念祖和月光手挽著手，浮在水中轉了幾個圈圈，發現各自揹著的銀色箱子有著浮力，難以下沉，因此兩人只得以手撥推井壁，使用蠻力讓彼此繼續下潛。

當兩人又下探數公尺後，井中漸漸亮了起來，數條身子綻放微光的小魚湧了上來，圍繞在兩人身邊。

狄念祖低頭，只見這井極深，且同時他和月光又繼續下沉了好幾層樓高，這才見到井壁上出現了一處洞口。

一隻模樣古怪的大龍蝦揮著一雙大螯，向狄念祖打起招呼：「嗨嗨，你就是駭客？」

「嗯……」狄念祖來到那野狗大小的龍蝦前，說：「你就是負責帶我進去的朋友？」

「是呀、是呀！」大龍蝦不停揮著螯，狄念祖才發現這古怪龍蝦有四支大螯，一雙較大、一雙較小，較小的那雙螯關節構造近似獸爪，比大螯靈活許多，還抓著一支白色棒子，棒子上纏了隻螢光小章魚，大龍蝦興奮地不停在狄念祖身邊游繞，領著他進入水井壁面上的洞中，繼續向前。「太好了、太好了，他們說你能夠幫我們『開門』，太好了，不然黃才一個人在裡頭快忙不過來，現在快要開戰了，我們的幫手不夠呀，駭客，你一定要幫我們開門呀，啊……你的名字就叫作駭客嗎？」

「你叫我小狄好了。」狄念祖雖然有不少問題問這大龍蝦，但他嘴裡咬著呼吸口罩的短管，講話含糊不清，只好簡單地問：「怎麼稱呼你？」

「我叫龍王爺，你叫我王爺、龍哥、龍大哥都行！」這大龍蝦似乎對自己的名字相當滿意。

「……」狄念祖料想不到眼前這古怪龍蝦，竟有個這麼囂張的名號，儘管他心裡有些嘀咕，但也只能從善如流地說：「王爺兄，接下來拜託你了。」

「好說、好說！」王爺一面搖著那螢光章魚小棒，指揮著眾螢光小魚前進，一面拍了拍狄念祖的肩，說：「小狄老弟，你放心，在水裡我罩著你，進去之後黃才罩著你，你專心幹你的事就行了，咦，後頭這傢伙是你的助手嗎？他叫什麼？」

「月光。」狄念祖回答：「她叫作月光。」

王爺立即也游繞去和月光打了招呼，歡欣鼓舞地領著兩人持續向前，漫遊了許久，總算游出洞口，游入海中，循著岩壁游。

在與王爺有一搭沒一搭的閒聊中，狄念祖這才知道，這上百公尺的深長隧道竟是王爺獨力以兩柄大螯掘出來的，可暗暗吃驚，他本以爲王爺像傑克那樣好說大話、取個囂張名號自吹自擂，此時不禁對他有些改觀。

「沒什麼、沒什麼，我龍王爺個子小，眞要打架未必打得贏聖泉那些凶惡怪物，但我就是一雙大螯堅硬，什麼都箝得斷，有機會我表演給你看看！」王爺這麼說，隨手揚起大螯，在那岸邊岩壁上一箝，那堅硬的岩壁讓王爺的蝦螯箝著，就像是餅乾般地碎散開來，落入海中。

「哇。」

狄念祖看得瞠目結舌，恭維了王爺幾句，王爺就和傑克一樣，讓人一捧便飛上了天，高高興興地吹噓起自己過往戰績，但狄念祖聽來聽去，那些「彪炳戰績」全都是挖洞，當初第五研究部底下的深長隧道與連結日月潭的水路，便是王爺與其他「掘地蝦」們一同開挖出來的成果。

王爺正要進一步吹噓自己這大螯的夾合力量，前頭竄來了幾隻海豚，海豚以鼻子頂了頂王爺尾巴，王爺這才閉口。

其中兩隻海豚游至狄念祖與月光身邊，牠們身上繫著堅韌水草結成的轡繩，狄念祖與月光抓緊了轡繩，幾隻海豚立時向前竄出，越潛越深、越游越快。

這支海豚小隊，僅花了數十分鐘，便繞過整個台北沿岸，逐漸逼近聖泉海洋公園。

狄念祖遠遠地望見前方十數公尺外一處礁岩旁微微發亮，那兒立著數柱巨大水泥管，同時也感到海豚的游勢漸漸緩下，便問身旁的王爺。「就是前面那些水泥管？」

「是呀，我們就從那邊進去。」王爺是條龍蝦，無法點頭，在談話時若要同意對方，便會上下晃晃手上那支章魚小棒，讓小棒頂端的小章魚代自己點頭，那小章魚也是活物，八隻觸手輪流攀著小棒，身體不時發光。

遠處那幾柱巨大水泥管，是聖泉海洋公園的排水管路。聖泉海洋公園直接抽取海水，作爲館內各大水池用水，循環過的海水便由這幾柱管路排回海中。

「這麼容易？」狄念祖愣了愣，只見那排粗大水泥管外設有嚴密的照明設備，每一柱水泥管上間隔數公尺，會有一處方陣排水孔洞，此時他們雖離那片排水管有段距離，但狄念祖也能夠憑著周遭設備和岩石大小，略微判斷出那些方陣孔洞絕對無法容納一人通過。

「一點也不容易！」王爺聽見狄念祖的自言自語，有些不悅。他低喊幾聲，喝停海豚小隊，領著狄念祖與月光游到了一處礁岩附近，那兒生著一整片的水草。王爺伸出章魚小棒，撥開水草，在水草底下規律敲了半晌，水草漸漸隆動起來，原來底下擋著一層軟體動物牆。

軟體動物牆移開之後，後方礁岩上又出現一處洞穴，王爺指了指洞穴，說：「你以爲可以直接從那排水管正面進去嗎？那兒裝著監視器吶！要走這裡，這條通道我可挖了好久呢！」

「是是是，眞不簡單、眞有你的、眞不愧是深海神宮一等猛將龍王爺！」狄念祖見王爺不悅，立時用哄傑克的口吻安撫起王爺。

「好說、好說。」王爺立時心花怒放，拍拍狄念祖的肩。「你才認識我不久，就知道我是深海裡一等猛將，你眼光也挺厲害，難怪我們朋友這麼看重你，派你來進行這任務，來吧，跟我來，我帶你進去。」

「好。」狄念祖點點頭，牽著月光跟上王爺，游入這洞穴隧道中。

他們在洞穴隧道中鑽游了好一陣，前面又出現一處軟體動物牆，王爺再次以章魚小棒在那軟體牆上敲出一陣類似電報密碼般的節拍，軟體動物牆緩緩裂開一條縫，王爺立時領著狄念祖和月光鑽入其中。

他們已經來到了水泥排水管中，狄念祖左顧右盼，見這排水管柱與先前濱海據點那老水井差不多粗細，每隔一段距離便會出現的方陣孔洞，那些孔洞只有碗口大小。

原來王爺在礁岩外挖的那條隧道，是爲了繞過排水管外的監視設備，從排水管路的背面挖掘洞口，藉此潛入聖泉海洋公園內部。

他們循著排水管路一路向上，游入一處方形集水槽中，這兒接著四通八達的水路管線，能夠通往聖泉各大水池和飼育場區中的水池。

但是由於這些管路所連接的各處水池外也都設有監視設備，若是一般蝦兵蟹將一浮出水面立時便被拍下身影，因此深海神宮無法大舉入侵，他們需要狄念祖幫忙，駭入海洋公園的電腦系統，掌控這些監視設備，才能讓大批海軍透過這四通八達的排水通路潛入海洋公園各處。

「往這邊……」王爺抵達排水通路後，說話聲音明顯地壓低了，行動舉止也變得嚴謹起來。他領著狄念祖進入其中一條管路，繞游半晌，只見前方逐漸明亮起來。

「月光，這裡就是海洋公園的六號飼育池。」狄念祖輕聲地對月光說。「做好準備，我們要上陸了……」

「好。」月光點點頭，緩緩地撥水，等候狄念祖的指示。

「別急、別急。」王爺張開大螯，攔著狄念祖，一面搖了搖章魚小棒。「幾分了？」

只見小棒上那小章魚伸出兩條觸角，抖了抖，擺出了個姿勢，短角指向左方，長角指向左上。

「還差十分鐘。」王爺這麼說。

「九點五十！」狄念祖這才知道，原來這小章魚還有模擬時鐘的報時功能，此時小章魚那長短觸角擺出的仿時針和分針方位，便約莫九點五十分。

他們靜靜等著，直到小章魚緩緩地挪動觸角，來到「十點」的方位上時，池子上方傳來了喀啦啦的聲響。

「就是現在！」王爺指了指上方，領著狄念祖和月光向上游去，他們游近池面，同時見到一個影子逐漸逼近，跟著停在水池旁。

在王爺的指示下，狄念祖和月光浮出水面，只見在這一公尺平方不到的水池旁，停著一輛載運貨物的大型拖板車。

拉車那人身形瘦高，穿著聖泉海洋公園的員工制服，戴著一頂鴨舌帽，一頭亂髮從帽下扎出。

狄念祖看不清他的臉孔，只見著他還蓄著一嘴大落腮鬍，戴著淺褐色墨鏡。

那人一手端著一本筆記本，一手搖著原子筆，嘴裡念念有詞，突然將筆尖指向狄念祖，對他比了個「上來」的動作。

狄念祖對月光使了個眼色，按照先前會議室裡擬定的步驟，攀出水池；他見那拖板車上載有貨物，外頭蓋著帆布，他伸手揭開帆布一角，裡頭剛好有處特別騰出的空間，且擺著數條大布。

那高個子落腮鬍男人搖頭晃腦，繞至另一邊，也揭開帆布，蹲了下來，不時在筆記本上畫上兩筆、不時用筆敲敲一箱箱東西，假裝清點著貨物。

這頭，狄念祖和月光快速以大布擦去身上的海水，將銀色箱子和蛙鏡、呼吸口罩都塞入拖板車上騰出的空間中，他們微彎著腰，站在拖板車邊緣上。

「嗯，嗯嗯。」落腮鬍男人站了起來，繞回拉車位置，瞥了狄念祖和月光一眼，見他們已經站妥，便推動拖板車，繼續向前。

在拖板車的對面，有一台監視器正對著水池。

落腮鬍男人將拖板車推入一間倉房中，關上門，長長吁了一口氣。「安全了。」

狄念祖這才和月光躍下拖板車，望著那男人。「你就是黃才。」

「是啊。」黃才伸出右手，與狄念祖一握。

「唔！」狄念祖感到黃才的握力比常人大上許多，正覺得奇怪，黃才手力又加重幾分，他正想開口詢問，冷不防地被黃才照著腹部勾了一記左拳。

「哦——」黃才見狄念祖捱了他這拳，只是露出疼痛的神情，並沒有軟腿倒地，便笑了笑，鬆開右手，說：「看來你在這裡，並不需要我的保護。」

「……」狄念祖揉了揉腹部，不悅地說：「我以為人類應該將溝通放在動手之前，你有問題其實可以開口問我，不必做出這類自以為是的舉動。」

「我習慣凡事自己動手驗證。」黃才來到角落桌邊，取出一根菸，點燃抽了起來。

「我在這裡孤立無援，我只信任自己。」

黃才見狄念祖滿腹狐疑地望著他，便說：「你想問什麼，儘管問吧。」

「我需要一個安全的藏身處，你可以幫我安排？」狄念祖這麼問，頓了頓，看看四周，說：「還是說，就是這兒？」

「這裡不錯啊。」黃才點點頭。「除了我之外，平常不會有人來，外頭有廁所和幾間備用儲藏室，你只要記得幾個監視器的位置，別讓監視器照著，平時可以自由活動，有個通風口可以通往外頭，但我勸你在摸清楚地理位置前，別急著出去。」

黃才說到這裡，拿出一大一小兩張地圖，遞給狄念祖。狄念祖接過地圖，略看了看，小張地圖是這六號飼育場中的平面圖；大張地圖則是整座海洋公園的設施位置圖。

整座六號飼育場，共有地上四層樓和地下二層樓，此時他們所在之處，是地下二樓。

地下二樓除了污水槽外，主要用來儲藏工具和各種藥品、飼料；地下一樓至三樓，則用以飼養和繁殖某些中小型水生展示動物，隨時提供海洋公園展示區中健康的活體。

這六號飼育場裡包括黃才在內，只有三名員工，黃才是六號飼育場的主管，四樓便是這三人的宿舍，在殺戮日展開之後，整座海洋公園的員工都無法踏出海洋公園一步。

自然，在這些員工的認知當中，海洋公園外遍布著大壞蛋康諾派出的恐怖怪物，他們能夠平安待在海洋公園，全仰賴聖泉的夜叉團和生物武器在海洋公園外建立的安全區域防線。

在這海洋公園外側，有一處新造成的臨時社區，這新社區被指定爲安全區域，在這塊臨時社區裡收留的居民，大都是社會名流人士。這些有錢人和公眾人物，本來分散在各地安全區域裡，在聖泉派出的夜叉團探詢遊說下，同意來到這兒避難。

而位在海洋公園內的高級觀光別墅，自然用以招待國內外政府高層的政要人員，所有人都知道這個地方現今是聖泉聖地，這裡駐紮的聖泉兵力，是其他安全區域的數倍，現今這個地方，可說是全世界最安全的地方。

這整個臨時社區，大約收容著近萬人，且每一日都有數十位有錢人，在聖泉夜叉團的護衛下抵達這裡，成爲這社區的新住民，其中不乏自外國接來的知名人物。

而此時海洋公園的功用，便是開放讓這臨時社區中的名流人士在其中遊憩放鬆，舒展心情。

狄念祖默默記著這辦公倉房外幾支監視器的裝設位置，和地圖上約略框出的監視器攝影範圍，心裡盤算著該如何設計路線，才能離開這六號飼育場，去外頭尋找置放冰壁的機房。

「我有個問題。」狄念祖突然開口，問：「既然你們有一批挖洞蝦子，何不……」

「何不直接挖條洞到海洋公園裡對吧。」黃才嘿嘿一笑，答：「之前聽說他們確實考慮過，但是風險太大了。」

黃才呼出一口菸，說：「最主要的問題，是那些『掘地蝦』智能不高，他們必須配合精準的定位、嚴密的指揮，才能一路挖到預期的位置；剛剛帶你來的那傢伙，他叫龍王爺是吧，他已經是最聰明的一隻掘地蝦了。」

「也對。」狄念祖點點頭，心想不論是第五研究部逃亡戰時那條通往日月潭的引水隧道，還是剛剛才走過的海濱據點水井密道，在挖掘時只要朝著大略方向一路掘去即可。但若要從外部一路挖進海洋公園裡某些能夠穩定運入兵源的隱密地帶，難度卻是極高。

掘地蝦挖洞時位在地底，並不清楚自己精確位置，掘穿的出口極可能和預期中相差十數公尺甚至更多，再者海洋公園底下另設有多處實驗室，要是掘破了牆，海水灌入其中，那麼整個滲透計畫便露餡了。

「所以——」狄念祖將目光轉向那大張的海洋公園設施圖，說：「我的第一步是記熟這個地方，讓自己能順利在裡外來去自如；第二步是找到冰壁；第三步是攻破冰壁……」

「等等，先告訴我你所謂的『冰壁』是啥？」黃才瞪大眼睛，攤著手問：「我無法容忍我參與的行動裡，有我不知道的東西。」

「這……」狄念祖知道身處此地的黃才，與寧靜基地、深海神宮之間的聯繫必然有著時間差，即便是寧靜基地也才在不久前才得知冰壁的詳細內容。在此之前，他們只知道聖泉有數項資安計畫陸續進行，狄國平參與了其中幾項計畫，但具體內容卻沒聽狄國平提起太多。

狄念祖簡單地對黃才敘述了冰壁與一般電腦系統之間的不同之處，黃才雖然蓄著一嘴大鬍，但年紀只比狄念祖大上幾歲，對於現今電腦運作原理並不陌生，很快便理解了狄念祖口中的「冰壁」所爲何物，也快速思索著該如何幫助狄念祖進行接下來的任務。

就在狄念祖與黃才商討對策的同時，月光也沒閒著，她將自己和狄念祖此行隨身攜帶的兩只銀色箱子提到乾淨角落，伸指在箱上操縱面板按下一串數字密碼。

喀啦兩聲，兩只箱子上的密碼鎖解開，月光揭開箱蓋——

兩只箱子裡頭排列整齊，遠看倒像是兩盒便當，左邊那只箱子裡裝著老乖、糨糊、石頭，和謹慎包裹著的筆記型電腦、手機等電子用品；右邊那只箱子，裡頭裝著米米、皮皮和傑克，及一袋配置整齊的藥品、針劑等緊急用品。

沉沉睡著的糨糊、石頭、米米和皮皮，此時身形皆只有木瓜大小，小侍衛在臨行前捨棄了大部分的身體，目的是減少體積，降低潛入時的風險；箱子中的特殊營養劑則能夠幫助小侍衛在二十四小時之內長回正常體型。

月光出身於女僕計畫，擁有醫療看護的本能，莫莉簡單地教導了她這批藥劑的使用方式，以及麻醉甦醒過程的照料要點，此時她便熟練地將這些經過麻醉處理的小侍衛、老乖和傑克一一抱出箱子，擺放在乾淨的毯子上，還替他們蓋上棉布保暖。

「滿怪的，嘿嘿。」黃才聽完狄念祖大致說明了冰壁的來龍去脈之後，露出狐疑的神情，盯著狄念祖說：「我雖然到了後期才和你們那些田小姐、林大哥偶爾有些聯絡，我對你們的組織一點也不熟悉。其實我也沒見過你爸爸，但按照你的說法，你爸爸是寧靜基地的核心成員，『冰壁』這麼重要的計畫，他卻不跟田小姐和林大哥說？」

「這我也不懂……」狄念祖無奈地聳聳肩，他不是沒有思考過這個問題，他知道狄國平並未和田綾香等人提起老乖，多半是因爲老乖視媽媽爲救命恩人，與媽媽友好，而對和狄國平有著曖昧情愫的田綾香懷有敵意的緣故。但冰壁是聖泉的重要資安計畫，一經啓用，難以攻破，狄國平卻只將冰壁相關的資料整理之後交給自己，狄念祖思索許久也想不出是什麼緣故。

「好了、好了。」黃才揮揮手，說：「今天就到此爲止，我得回宿舍了，否則上頭那兩個『替身』會起疑，有什麼事明天再說。到了明天，我會告訴你該怎麼做，你們好好休息。」

「替身？」狄念祖呆了呆，不明白黃才的意思，但他見黃才顯然無意說明，便也不再追問。

之前海中一行，王爺將黃才的來歷大約告訴狄念祖——

黃才原本便是海洋公園的飼育場員工，資歷不算長也不算短，但在早前袁唯發動的那場「創世行動」大破壞裡，被一隻飛天羅刹從園區中叼上了天。

但那飛天羅刹在聖泉後續派出負責扮演白臉的鳥人、夜叉圍捕下死去，墜入海中，黃才也跟著一同墜海。

當時康諾早已擬定了引誘杜恩入海的計畫，深海神宮也派出大量魚蝦探子，在海洋公園近海區域長期偵查，規劃著入侵這聖泉重要據點的方式。

探子們發現了瀕死的黃才，替黃才注射了數管維持生命的緊急藥劑，將黃才帶往寧靜基地某處據點。

那時的黃才除了身體各處臟器都嚴重受損之外，連腦部也幾乎停止運作，寧靜基地的研究員在幾乎死透的黃才身上，植入了深海神宮開發出的寄生物種。

那寄生物與黃才合而爲一，不僅擁有黃才的專業知識，也同時懷抱著深海神宮的使命。傷癒後的黃才重返海洋公園，那時袁燁急著重建海洋公園，正大舉招募人手，原本就是海洋公園員工的黃才便順理成章地返回工作崗位，同時成爲深海神宮在海洋公園內的臥底。

深海神宮吸納黃才的手法自然稱不上正大光明，但在這關鍵時刻倒也確實管用，在黃才的掩護下，神宮陸陸續續地派出雖不具戰鬥能力，但體型微小的小魚小蝦們，透過排水管路潛入海洋公園各大水池，甚至是地下實驗室的觀賞用缸中，蒐集重要情資、拼湊地底實驗室構造，也發現了袁安平的沉睡位置。

狄念祖等黃才離去後，來到月光身邊，專心記誦著這六號飼育場的小地圖，思索著接下來的反攻行動。

一晚便這麼過去了。

距離袁唯編排的最終聖戰，只剩五天。

CH05 六號飼育場

「這裡是哪裡啊？」

糨糊伸了個懶腰，坐了起來，他首先發覺自己的身子似乎比前些天小了幾號，腦袋也怪怪的，有些茫然。

接著，他發現一個嚴重的問題。

他身體裡藏著的寶物通通不見了，他雙眼一瞪，就要尖叫，卻突然被月光捂住嘴巴。

「不可以大叫喔。」月光像是早就預料到糨糊醒來時的反應，她輕輕捧起糨糊，親了親糨糊的額頭，對他說：「不然敵人會發現我們，我們會有危險，你要乖，不能吵，知道嗎？」

「知道。」糨糊聽見「敵人」、「危險」這些關鍵詞彙，本能地肅穆起來，舉起兩只比平時小了點的海星觸角，四顧周圍，喃喃唸著：「誰敢欺負公主……唔，可是，我的小汽車呢？」

糨糊警戒了幾秒，又想起自己的小汽車等各種蒐集品全不見了，眼眶一紅，又要哭了。

「你的寶物全在這裡，你忘記了嗎？」米米遞來一張紙，紙上印著一張照片，照片裡的糨糊對著相機鏡頭比了個勝利V字手勢，一旁有一只小箱，裡頭裝著全是他的蒐集寶物。

原來在出發前，狄念祖下令要小侍衛捨棄大部分身體，糨糊儘管照做，但就是不肯將蒐集品取出，這使得糨糊硬是比其他僅剩下木瓜大小的小侍衛大了一號，像個大西瓜般，自然塞不進箱子裡。

直到狄念祖聲稱打敗袁唯後，他會向溫妮討一輛眞正的坦克車，當作糨糊的禮物，任他駕駛甚至是隨意開砲，這才打動了糨糊。儘管狄念祖積欠的小汽車在糨糊自己發明的利滾利算式下已經到達天文數字，連糨糊自己都說不上一個確切的數字，但一輛眞實且能夠自由開火的坦克車對糨糊而言，還是具有無比的吸引力；且在「保護公主」這個前提之下，糨糊儘管有些不捨，總算願意將他的寶物從身子裡取出，放進小箱子，藏在公寓某個房間裡，還貼上封條防止別人竊取。

狄念祖知道身體縮小後的糨糊，智能會變得更低，麻醉醒來後必定會大吵大鬧，便在他封箱時拍照存證，作爲事後安撫他的依據。

此時糨糊自米米手中接過那張列印照片，左看右看，似乎有些印象，這才閉嘴，不吵不鬧。

「拿去，狄大哥要你跟石頭研究一下，看你們喜歡哪輛，再和他說。」米米又遞來幾張列印圖片，上頭是各國坦克，足足有二、三十輛，那是狄念祖抽空上網找來的圖片，用這辦公倉房的印表機列出，目的是消磨糨糊時間，防止他無聊吵鬧，妨礙了眾人的正事。

「哇——」

糨糊接過那疊列印圖稿，果然全神貫注，躍下月光的懷抱，拉著石頭一同研究究竟哪台坦克車最厲害，有資格成爲自己的禮物。

另一邊，傑克也醒了，他伸了個懶腰，蹦了起來，月光立時遞上一碟鮮奶和一小碗貓糧，傑克舔舔舌頭，不客氣地捧著那碟鮮奶大口喝盡，再抓起一把貓糧，像是啃花生米般吃著。

他一面吃，一面四處環看，見這數坪大的小房間裡有簡易的辦公設備和儲藏空間，還有能夠儲藏食物的小冰箱，不禁十分滿意：「這裡就是六號飼育場嗎？環境比我想像中好一點。」

傑克左顧右盼，見到狄念祖伏在一張小桌前，背上還披著一件聖泉海洋公園員工制服外套，像是睡著一般，他湊了上去，探起頭，見到狄念祖面前的筆記型電腦螢幕還亮著。

「小狄，你睡著了嗎？」傑克像是想看清楚狄念祖究竟在幹啥，湊近幾步，突然聽見桌下傳來了犬嗚聲。

「喂喂喂——」老乖瞪著閃亮亮的眼睛，伏在桌下，瞪著傑克。「你踩著我了。」

「我踩著你？」傑克不明所以，低下頭，只見自己的前爪踩著一條線，那線看起來像是筆記型電腦的電源線，他說：「我踩著的是電腦線呀老狗，你老到神智不清了嗎？」

「那是我的身體，你踩著它了。」老乖咕噥幾聲。「我討厭貓味、我討厭你，當年我就是追隻貓追上馬路，才會被車撞著。要不是貓，我也不會變成這怪樣子。」

傑克不服地說：「你講不講道理，你追貓追到被車撞，關貓什麼事？又關我什麼事？你討厭貓，我也討厭狗、也討厭你呀！」

「你討厭我就滾遠點，一直踩著我做啥？」老乖咕嚕嚕地說。

「我踩著的是電線啊！」傑克站了起來，學人攤開雙爪作無奈狀。「你老眼昏花了嗎，要不要自己走出來看看？」

「那是我的身體，蠢貓。」老乖此時的神智顯然比前一日好上許多，說話也有條理些。「你如果瞎了，自己找醫生治好眼睛。」

「哎呀，你這老狗……」傑克讓老乖罵得火冒三丈，伸出爪子抓起地上那條電線，想拿近老乖臉前讓他瞧個仔細，但他一碰那電線，只覺得軟黏黏的，還溫溫熱熱，且甚至有股狗臭味，嚇得拋下那電線，躍開老遠，豎起一背毛，貓嗚好幾聲，仔細盯著那條線，順著線往桌下看，這才瞧見那條線竟連著老乖的背脊。

伏在桌下的老乖，背脊變形隆起，那條線便連著老乖隆起的背脊中凹陷處，仔細一看，線路在接近背脊處的部分凹凸不平，像是肉瘤一般。

「好噁心啊！」傑克在地上打了個滾，不停甩著爪子，像是踩到了什麼髒東西般，他埋怨半晌，才又湊近狄念祖身邊，伸爪推了推狄念祖，見他沒反應，便一躍上桌，只見那肉色線路連接著狄念祖的筆記型電腦，接頭卻是現今電腦系統常見的ＵＳＢ傳輸介面。

老乖是連接冰壁與一般電腦系統的「橋」，體內有能夠連接一般電腦的傳輸裝置。

此時筆記型電腦裡開啓著一個特殊程式，程式標題欄上的名稱爲「火犬2.2.7 (Official version)」

「小狄、小狄，你還不起床，太陽曬屁股囉。」傑克亟欲知道這火犬2.2.7是什麼東西、是哪兒來的，他推了狄念祖半晌，見他沒反應，便轉頭問月光：「月光小姐，小狄昨天幾點睡？怎麼睡得跟死了一樣？」

「狄應該一整晚都沒睡。」月光說：「他要我先休息，我醒來時，他還沒睡，他是剛剛才睡著的……」

「蠢貓。」桌下的老乖說：「我和念祖昨晚工作一夜，你才是睡得跟死了一樣。」

「我……」傑克反駁：「我是被麻醉，不是在睡覺。」

「我也被麻醉，我就醒得早。」老乖不屑地說。

「那是因爲……」傑克想了想，說：「你先前睡那麼久，早就睡飽啦，你憑什麼說我？」

「好啦，別吵了……」狄念祖坐直身子，揭下月光替他披上的外套，用手撐著臉頰，淡淡笑著對傑克說：「夥伴，你做好心理準備沒？這是我們的最後一戰了。」

「小狄，你問這問題代表你仍然瞧不起我。」傑克雙手扠腰，說：「一個身經百戰的特務探員，任何時候都做好準備，任何時候都可以面對各種挑戰……咦，小狄，你眼睛怎麼啦？」

傑克發現狄念祖雙眼有些浮腫，像是哭過一般。他躍上狄念祖大腿，仰頭向上望。

「沒怎麼，只是熬夜，有點累。」狄念祖指了指電腦。「有了這『火犬』，破解冰壁不是問題，現在要做的，就是找出冰壁。」

「『火犬』？你說『火犬獵人』嗎？你不是早就破解火犬獵人了？」傑克躍上桌，盯著電腦螢幕上那「火犬2.2.7」的程式，他看不懂操作介面，只覺得那介面陽春醜陋，一點設計感都沒有。

「火犬獵人這遊戲，意思就是要我扮演獵人，尋找『火犬』。」狄念祖解釋：「當我一路破關到最後時，除了得到聖泉機密資料壓縮檔的解壓縮密碼之外，也會得到幾則我爸對我說的話，而程式開啓、將電腦連接上老乖時，還會額外輸出一款程式——『火犬2.2.7』，這是一款專門針對冰壁設計的入侵程式。」

「火犬兩個字合起來，是我們家的姓氏——『狄』。」狄念祖揉了揉鼻子，笑著說：「這就是我老爸留給我的祕密武器，只要找到冰壁，我有信心在三十分鐘裡攻破冰壁。」

身爲「橋」的老乖，雖然能夠連接冰壁與一般電腦系統，但連接後的破解程序，對從未接觸過生物電腦的狄念祖而言，可又是另一道難題。這「火犬2.2.7」，便是狄國平在研發冰壁系統時，針對冰壁特性同步寫出的入侵程式。狄國平身爲冰壁的主要設計者，私下針對冰壁量身打造的「火犬」，自然是攻克冰壁的最佳利器。

傑克這才知道狄念祖眼眶發紅，想來是夜裡見到了爸爸留給他的遺物而感傷所致，他識相地轉移話題：「那火犬後面那串數字『2.2.7』又是什麼啊？」

「那是程式版本編號。」狄念祖也隨口回答：「是程式設計者用來分辨檔案版本間的新舊差異，只是一種習慣而已。」

「所以……」傑克還想說些什麼，只聽見外頭隱隱傳來一聲開門聲，跟著是一陣腳步聲。

狄念祖和月光相視一眼，警戒起來，月光立時將小侍衛召至身邊，傑克蹦至狄念祖肩上。

喀啦——門打開。

兩個陌生男人走進來，他們先是見到離門較近的月光，露出訝然的神情，跟著又見到角落桌邊的狄念祖，更是驚訝，其中個頭較高那男人開口問：「你們……」

「唔！」兩個傢伙的嘴巴立時被後方伸來的一雙大手摀住。

黃才推著這兩人走進房，用腳將門帶上，此時他的手掌張開，足足有臉盆大小，身體構造顯然與常人不同。

「唔唔！」兩個傢伙眼睛瞪得老大，死命掙扎，被黃才抬起膝蓋頂了兩下，在耳邊低聲威嚇，這才停止躁動，其中一個個頭較矮小的傢伙，嚇得眼淚鼻涕都流了出來。

「看什麼，幫忙啊。」黃才朝著狄念祖嚷嚷，轉頭朝著一處層架呶了呶嘴，說：「那邊有繩子，綁起他們。」

「這……」狄念祖雖不明白黃才的意思，但還是起身照辦，拿來繩子，將這兩個傢伙五花大綁，還將他們的嘴巴纏上層層膠帶。

黃才將這兩個傢伙提到角落扔下，將他們胸口的員工識別證取下，拋給狄念祖，說：「以後你們就靠這個進出。」

「原來如此。」狄念祖接過那兩張識別證，瞧瞧上面的照片，再瞧瞧被扔在角落的本人，只見那兩人年紀都二十出頭，一高一矮，他問：「我們得扮成他們的樣子嗎？」

「嗯……」黃才想了想，答：「他們都是新招募進來的員工，平時歸我管，這裡認得他們的人不多，我平時嚴格要求他們的服裝，規定他們一定要戴帽子，目的就是使他們的特徵不明顯，好讓之後進來的夥伴能假扮他們，不過……這裡四周都有監視器，你們最好還是扮得更像他們一點，監看人員裡說不定有記性特別好的傢伙。」

「一大一小啊。」狄念祖上前望了望那兩個哭喪著臉的年輕員工，只見他們體型都偏瘦，一個身高與自己相若，另一個矮自己半個頭，卻又高出月光半個頭，他想了想，對米米說：「米米，妳負責替公主造雙鞋子，外觀和這矮子的鞋子一樣，但穿起來會高一些，這難不倒妳吧。」

「要高一點是不難，只是外觀……」米米伸手便摘下那矮個子員工的一隻鞋，端詳半晌，要她造出增高鞋當然不難，但材質和顏色要與眞鞋一樣卻是辦不到，她說：「在這鞋子裡加上墊子會簡單些……」

「不行！」糨糊插嘴：「公主才不穿這麼臭的鞋子，公主要穿新鞋子——」

黃才也不多話，將肩上的提袋拋在狄念祖腳邊，說：「別麻煩了，裡頭有乾淨的制服和鞋子，我早就準備好了，這些細節你們自己想辦法。我告訴你這裡的作息時間，這很重要，你們得在規定的時間內出入，才不會引起注意。」

狄念祖挑出一雙乾淨鞋子讓小侍衛們加工，跟著便專心聽黃才說明這兒的工作時間——

上午九點至十一點，兩名員工會前往地下二樓整備飼育用品，跟著前往各樓層餵食；下午一點至六點，則會在各樓層巡察飼育池的狀態，以及做各種清理工作。

「你們可以自由活動的時間就是午休兩小時，和六點下班之後到十點這之間，十點是這裡的門禁，這並不算硬性規定，但最好還是遵守，免得引起注意。」黃才這麼說。

「也就是說，我們還得陪你一同上班？」狄念祖聽完黃才的說明，有些訝異，他說：「我以爲我的任務是專心破解冰壁！」他搖搖頭：「你應該先和我商量，我另找方法偷溜出去，你帶這兩個傢伙繼續工作。」

「那兩個傢伙跟在身邊，我的工作沒辦法進行！」黃才瞪大眼睛說：「我的工作進展不了，你破解冰壁也沒屁用！」

「你的工作？」狄念祖攤手問：「你的工作不就是掩護我嗎？」

「放屁，是你掩護我才對！」黃才說：「我需要你的掩護，才能夠養出大軍，支援外頭的夥伴，來個裡應外合。」

「什麼，用養的！」狄念祖瞠目結舌，他本以爲神宮要他破解海洋公園的電腦系統，是爲了大舉引入外部兵力，好發動攻擊，他可沒料到這兵力竟要從內部「飼養」。

「外頭當然也會有人進來，但那當然不夠，你不是參與了那場海底戰鬥嗎?當時我們犧牲的夥伴有多少，你比我更清楚才對。」黃才哼哼地說，一面催促著狄念祖：「動作快點，我們在這裡待太久了！」

「嘖嘖……」狄念祖被黃才趕鴨子上架當成手下指使，雖有些不快，卻也莫可奈何。他簡單地安排幾聲，米米負責看管糨糊等小侍衛，他則與月光快速換裝，隨著黃才走出這小辦公室。

狄念祖與月光盡量壓低了鴨舌帽，月光在海洋公園待過一段時間，那時她貴爲大堂哥的公主，平時衣著華麗，也穿過一陣子高跟鞋，此時踏著米米特製的增高鞋，走起路也算自然。

他倆跟在黃才身後，推著載有各種用品、飼料的大型拖板車離開地下一樓，一路向上，沿途幫忙黃才餵食一缸缸幼苗小魚，這工作枯燥而費時，狄念祖一點也無心記誦每種生物的餵食類別和添加藥劑，月光倒是聽得十分仔細。

接近午休時刻，黃才領著狄念祖和月光，來到了四樓宿舍。黃才是六號飼育場的主管，有一間專屬的宿舍臥房。他們入內，來到一面衣櫃前。

黃才揭開了衣櫃，裡頭全無衣物，而是擺了一只鋼架，鋼架四角穿透了衣櫃底板，直接置放在水泥地板上。

鋼架上擺著一只二呎水缸，裡頭有三隻模樣平凡無奇、體型僅只拳頭大小的章魚。

黃才轉身，嚴肅地對著狄念祖和月光說：「接下來的幾天，無論發生什麼事，你們都要優先保護這三隻章魚，牠們的重要程度更在冰壁之上。」

「什麼？」

狄念祖自然不懂，他望著那三隻章魚，只見牠們動作緩慢，在這二呎缸的上方，還架設著巨大的過濾設備，裡頭塞滿各式各樣的濾材。

「牠們快要生了，這缸子很快會客滿……」黃才盯著那三隻章魚，說：「從下午開始，我們要開始騰出三樓的飼育池，讓這些章魚生產幼苗。」

「我不明白，這三隻章魚生出來的孩子……」狄念祖問：「能夠成爲開戰時的厲害幫手嗎？」

黃才聽狄念祖那麼問，站直了身子，問他：「你在海底時，沒見過深海神宮的守護神？」

「守護神？」狄念祖愣了愣，回想著他在深海神宮大戰時所見過的各種海底生物，說出了個名詞：「鯨艦？」

「鯨艦？」黃才不耐地揮了揮手：「他們叫牠鯨艦？好吧，或許這是『黏土章魚』在海底的名字，牠們叫什麼都沒差，總之這三隻黏土章魚是我們最重要的資產，一定要讓牠們大量繁殖——」

狄念祖在深海神宮時，由於並未於第一線作戰，只偶爾透過神宮透明壁瞥見鯨艦幾次，並不了解鯨艦實際上的能耐和眞實面貌，此時全然無法將這三隻小章魚和鯨艦那碩大身影想像成同一個東西，但此時分工已定，他也無意和黃才爭執，僅點點頭表示同意。

CH06 冰壁

「什麼？遊客行政中心，你確定？」黃才睜大雙眼，瞪著午休時帶著月光在海洋公園四處蹓躂、用完午餐後返回六號飼育場的狄念祖。

「我不敢說百分之百，但我們沒時間了，現在距離聖戰發動只剩下四天，不是嗎？」狄念祖這麼說：「如果成功，我可以立刻取得整個海洋公園的電腦系統權限，我們的行動將會順利許多。如果我判斷錯了，冰壁不在裡頭，大不了原路回來。」

「你說得倒是輕鬆。」黃才扠著手皺眉說：「告訴我你的推論。」

「我說過了，那只是可能性之一。」狄念祖說：「我假設了兩種情形，一、冰壁集中放置在守備森嚴的地底機房裡，各設施裡所有對外電腦的資料和操作，全部經過地底機房的冰壁系統過濾之後，再傳回各地對外電腦；二、冰壁零星分布在海洋公園各重要設施的電腦部門裡個別運作，例如遊客行政中心……」

狄念祖頓了頓，繼續說：「當然，按照常理推斷，前者的配置當然更安全嚴密，但那樣得更完善地規劃每一處設施裡的電腦設備跟線路安排……然而冰壁系統啓用至今的時間相當短暫，整座海洋公園正在興建當中的設施也很多，袁唯和袁燁肯定是想到什麼蓋什麼，資安部門大概也只能遷就這兩個狂人的突發奇想，來調整系統配置。在這個前提之下，我認爲第二個假設的可能性較高。」

「嗯……」黃才扠著手，思索半晌後說：「問題是，你找到一個獨立運作的冰壁又有何用？」

「不，冰壁之間能夠藉由特殊線路串連運作。」狄念祖說：「冰壁是層級相當高的機密計畫，聖泉裡懂得操縱冰壁系統的人員極少，要讓整座海洋公園裡的冰壁都能順利運作，就一定得串連，再由少數人員統一管理。當然，這一點也是我的假設就是了……」

「不管你的假設對不對，以我們現在的時間和力量，要深入海洋公園複雜的地底研究室找冰壁核心機房確實很冒險……」黃才頓了頓，說：「你把這裡掃乾淨，我想想今晚怎麼掩護你平安出去，再平安回來。」

黃才說完，將一只長柄刷子遞給狄念祖，指了指一處飼育池，那池子有十公尺長、五公尺寬、一公尺深。

「記著，動作別太誇張，隨時記得有人盯著你。」黃才朝著天花板上幾處監視器呶了呶嘴。

「……」狄念祖接過那長柄刷子，換上止滑靴，進入飼育池裡，此時池水早已放空，磁磚地上滿是藻類、飼料殘渣和魚類糞便，他知道黃才要將這些池子清空作爲那三隻小章魚的飼育池。

他不擅打掃，洗刷半天，整個池子像是沒刷過般。他心想若是糨糊、石頭等小侍衛在，三兩下便將池子洗淨了，但此時整棟飼育場都裝設著監視器，小侍衛可不能露面。

便這麼著，狄念祖和月光從午後忙到黃昏，總算將三樓八處飼育池其中三池刷洗得一乾二淨。在黃才的指揮下，狄念祖和月光在三座池子裡注入乾淨海水，且灑下硝化菌和改善水質的藥劑。

這樣的過程，是飼育場裡清池養水的標準流程。新換入的海水會置放一段時間，等過濾系統成熟、水質穩定之後，才放入水中生物。然而黃才在施藥的過程中，暗中將三隻小章魚分別放入三處飼育池中，蓋上黑色網布作爲掩飾。

且黃才施灑的藥劑，也不是海洋公園發配的制式藥劑，而是王爺從排水管運來的深海神宮特製的飼育藥劑和淨水藥劑，能夠在最短的時間內穩定水質，讓三隻待產小章魚入水之後穩定地生產。

□

「小狄，你蹓躂一天，總算要帶我行動啦，你知道沒我不行了吧，喵嘿——」傑克攀在馬桶水箱上，笑咪咪地舔著爪子，說：「今天一整天，我快悶死了，我跟那些小侍衛沒有話好聊，他們智商太低了，很難溝通呀；至於那條老狗，哼哼，你也知道，我跟他不對盤。」傑克說到這裡，瞄了擱在地上那只背包一眼，背包裡頭傳出幾聲犬吠，裡頭的老乖囔囔地說：「我跟你的確沒什麼話好聊！汪！」

「別吵了，我們要出發了。」狄念祖探頭出窗，這是四樓宿舍某間廁所的對外窗，窗戶對面是五號飼育場，這兩處飼育場間的狹窄通道，前後並沒有裝設監視器。

米米甩了甩手，甩出一條銀臂，纏住狄念祖腰間，將他橫舉起來。臉面朝下、雙腳朝外的狄念祖，也立時併攏手腳、收緊小腹，盡量讓身子伸長，讓米米將自己塞出氣窗外。

喀地一聲，狄念祖的鼻子在經過窗框時卡了一下，立時淌出一行鼻血，他摀著鼻子，小心翼翼地對米米打了個「沒問題」的手勢，米米攀在窗外，迅速將狄念祖垂至地面。

跟著，米米提著裝有老乖的背包，抱著傑克，也搭著窗框，一躍而下，與狄念祖會合。

「狄大哥，你鼻子受傷啦？」米米見狄念祖摀著鼻子，一面問，一面將背包遞給他。

「沒事。」狄念祖揹上背包，苦笑了笑，對米米比了個手勢，說：「出發！」

狄念祖並未帶著月光行動，一來月光對電腦系統並不了解，幫不上忙；二來他知道若是月光和米米都隨他去，留守的糰糊必然要四處搗亂了；但全帶在身邊，這陣仗又未免太過醒目，他讓月光留在飼育場裡照料糰糊，自個兒帶著老乖、傑克和米米展開行動。

米米搖身一變，變成一只長形提箱，讓狄念祖提在手上，傑克則藏身提箱中。此時的狄念祖仍然一身員工制服，但頭上戴著的卻不是鴨舌帽，而是黃色工地帽；他將袖子挽起，佯裝施工人員，此時海洋公園內部仍有多處施工地，即便在展示區也不時有施工人員出入。

此時雖已是飼育場的下班時間，但整個海洋公園裡仍有不少夜間施工人員和遊客——海洋公園是被安置在安全區域裡的有錢人唯一能夠放鬆的活動區域，爲了安撫這些富人的焦慮心情，海洋公園裡某些展示區甚至二十四小時開放。

狄念祖提著米米和傑克、揹著老乖，低調地穿過數個展示區域，走了許久，總算來到遊客行政中心後方。

此時夜間十一點，行政中心外人潮仍然不少，大樓多數窗子都亮著燈，狄念祖在隱密處等待許久，等到人漸漸少了、大樓裡燈光一盞盞暗下，這才派出米米探路。

米米伸出嵌有眼睛的銀臂，一路穿過草叢，攀上行政中心大樓，順著壁面四處探看。儘管米米伸出的那銀臂，沿途經過許多熄燈窗戶，但她擔心任意開窗或許會觸動警報器，因此繼續探找，直到找到了一處排氣孔洞。她將銀臂伸入那排氣孔中，沿著排氣通道左彎右拐，繞進一間辦公室。她驅使銀臂沿著窗邊察看半晌，發現窗子並未裝設警報設備，便試探著將窗子揭開一條小縫，靜待半晌，無事發生，便大膽地將窗子揭開一半。

「狄大哥，你見到那扇窗了嗎？」留在狄念祖身邊的米米，由於伸出大量銀臂的關係，體型縮小許多，只有平常的三分之一。

「我見到了。」狄念祖點點頭，左顧右盼一會兒，挑了個四周監視器都照不到的角度，抱著傑克來到窗下。

米米也順勢將身體化成繩狀，連同她的本體緩緩鑽入窗中，變化回正常體型，再垂下銀臂，將底下的狄念祖和傑克一併拉進辦公室裡。

狄念祖來到了四樓辦公室，指揮著米米四處探找，在米米以嵌著眼睛的銀臂探路下，狄念祖順利地避開監視鏡頭和留守的人員，來到了六樓的資訊部門。

此時資訊部門的人員早已下班，裡頭漆黑一片，狄念祖和米米小心翼翼地透過手機微弱光線，循著辦公桌探找電腦線路，花了個把鐘頭什麼也沒有發現。背包裡頭的老乖悶得受不了，嚷著要出來透氣，狄念祖只好放出老乖，任由他伏地喘氣。

老乖歇息半晌，突然站起，將鼻子貼著地聞嗅起來，一路聞到資訊室外，在資訊部門斜對角一處上了鎖的房門前停下，轉過頭，對著跟在後頭的狄念祖說：「在裡頭。」

「裡頭？」跟上來的狄念祖聽老乖那樣說，這才醒悟老乖是狗，鼻子自然比他們更加靈敏，聞得出同樣身爲「橋」的氣味。

在狄念祖的指示下，米米再次伸出銀臂，鑽過門縫，潛入房內偵查。

隨著米米探查同時回報而來的資訊，狄念祖逐漸知悉這小房間的內部情形，小房間僅約兩坪大小，靠牆處擺設著簡單的金屬層架，層架上有些不明藥品和資訊用品。

在正對著門的牆上，有一處類似壁櫥的構造，上頭有著金屬門板和一處門鎖，而在天花板上，則裝設著監視器。

「狄大哥，那道鎖不難開，我應該可以輕易打開。」米米讓銀臂液化，滲入鎖中，一下子便摸清了那壁櫥門鎖的構造。

「等等，先別急著開鎖，先處理監視器。」狄念祖從米米的回報中，知道此時小房裡天花板上的監視器還在運作中，若是開了門，燈光射入，便露了餡。「想辦法把監視器遮起來。」

米米立時便使銀臂轉向，繞至監視器上，替鏡頭裹上一層蓋子，米米的金屬身子不透光，覆蓋在鏡頭外，什麼都拍不到。

跟著，米米從內部打開門，讓狄念祖和傑克進入小房間。

她將門關上後，以一條帶著眼睛的銀臂在門縫外負責把風，再將整條門縫堵死，避免光線外溢，這才開了燈。

狄念祖轉了個圈，打量過整間房，才吩咐米米開啓壁櫥上的門鎖。

米米迅速液化身子，滲入壁櫥門鎖之中，三兩下便開了鎖。

「哇。」狄念祖和傑克不約而同地發出驚呼，那「壁櫥」裡頭別有洞天，比他們想像中更加寬敞，足足有將近兩坪大小的空間，裡頭有著良好的空調設備。

壁櫥空間左側是金屬層架，擺著一排電腦伺服器；右側則有座特殊平台，上頭擺了一台形狀類似電腦主機的東西。

狄念祖和傑克湊上去仔細一看，都露出訝異的神情，「電腦主機」的外殼，看起來竟類似豬皮，且以接近人類呼吸的節奏微微起伏著。

「這東西就是小狄你說的冰壁啊，怎麼那麼噁心！」傑克躲在狄念祖身後，嫌惡地看著眼前那台怪東西，只見那冰壁雖是「生物」電腦，但全身上下除了近似豬皮的外皮之外，沒有任何一處像是生物的地方。

狄念祖發現在某側皮膚上，有著大大小小的孔洞，連接著兩處小一號的方形儀器，那方形儀器同樣也有著生物皮膚外殼，這是「橋」，負責連結冰壁和一般電腦系統。

「小狄，你說這兩個小方塊是『橋』？」傑克看看狄念祖，再轉頭看看老乖，不解地說：「同樣是橋，怎麼樣子差那麼多啊，為啥這老狗會說話呢？」

「你這蠢貓讓開點，別妨礙我辦正事……」老乖瞪大眼睛，擠開傑克走向冰壁，說：「我是被改造成『橋』的狗，這些東西打從一開始就是工具，我們的樣子當然不一樣。」

狄念祖倒是鬆了口氣，他本來有點擔憂若是這些生物電腦也和老乖一樣會看、會叫、會罵人，那可相當麻煩；但仔細想想，若是幾十台生物電腦互相鬥嘴，那可麻煩，聖泉當然不會替這些工具造出眼睛嘴巴。

老乖伏在冰壁旁，身子抖了抖，背脊怪異隆起，伸出兩條古怪線路，狄念祖立時取出筆記型電腦，再撿起那條USB接頭的線路，與筆電連結，開啟「火犬2.2.7」。

「呼……」狄念祖長長吁了口氣，望著那彈出的簡陋程式介面，專注地操作起來，還不時調出火犬獵人裡狄國平留給他的說明截圖察看，花了二十分鐘，將各種參數調整妥當之後，這才抹了抹汗，拾起另一條線路，小心翼翼地插入冰壁側面的連接孔洞中。

老乖身子抖了兩下，雙眼眨了三、四下，一隻灰色眼瞳閃爍起微微綠光。

火犬操作介面上一個圓形圖示的顏色也由暗轉亮。

「怎麼了、怎麼了？」傑克忍不住問：「入侵成功了嗎？」

「成功？」狄念祖白了傑克一眼，說：「入侵還沒開始咧，現在只是順利連結上冰壁而已。」

「還要多久？小狄，告訴我還要多久？」傑克隨口問著，見狄念祖不理自己，本想跳到他頭上弄亂他的頭髮，但突然見到狄念祖的神情嚴肅得嚇人，像是著了魔般，敲擊鍵盤的速度越來越快。

這股肅殺之氣，令傑克放棄了捉弄狄念祖的念頭，他緩緩退出「壁櫥」，搖著尾巴來到小室門邊，對著把風的米米說起話來。

「喵呼嚕嚕——有時我覺得好奇呢，究竟是你們愛月光小姐多些呢？還是我愛我的主人多些呢？」

「這有什麼好比的。」

傑克與米米有一搭沒一搭地聊了起來，時間緩緩過去。狄念祖花費的時間，比他聲稱的速度要慢上許多，傑克儘管有些焦慮緊張，但身爲特務貓的他，總還是比糊糊識相些，知道此時此刻千萬不能打擾狄念祖。

狄念祖停下了動作，目不轉睛地盯著螢幕。

「嗯？」傑克發現敲擊鍵盤的聲音消失了，望了狄念祖一會兒，見他像是在發呆，便走近看看他、又瞧瞧老乖、再看看螢幕。

他自然看不懂這攻擊程式的運作情形，見狄念祖滿臉汗水，雙眼骨碌碌像是噙著淚水，也猜不出他想什麼，終於忍不住開口問：「小狄，現在怎麼了？成功了嗎？還是……你別嚇我啊小狄。」

「哼哼。」狄念祖笑了笑，抹去汗水，小心翼翼地將筆電放在老乖身旁，彎腰摸了摸傑克腦袋。「成功。」

「眞的？」傑克喵嗚一聲，蹦上狄念祖肩頭，開心地要唱起歌來。「小狄你眞行，現在整個聖泉電腦系統都歸你管了對吧，那我現在豈不是想做什麼就做什麼啦，喵——」

「不不不！」狄念祖見傑克一副想往天花板監視器跳的模樣，立時揪住他後頸，說：「我只是成功通過冰壁，可以進一步前往聖泉資料庫，接下來還有得忙。」

「什麼？」傑克有些訝異，問：「那需要多少時間？我們還得在這裡待多久？」

「這……」狄念祖一面從背包裡取出電源線，接上筆電和這小機房裡頭的插座，一面取出手機，接上筆記型電腦，讓筆電能夠藉由這特製的隱匿手機連上網路。他對傑克的問題回答得有些遲疑，像是不知該如何開口。

「要取得足夠的權限，花費的時間可能比你想像中要多上許多。」狄念祖說：「但我不能長時間留在這裡，我得回去幫忙……」

「什麼？」傑克呆了呆，問：「我們就這樣回去啊？那這老狗他……」

「老乖得留在這裡，我回去之後，會用黃才的電腦，透過手機網路，遠端控制這台筆電，繼續操作火犬。」狄念祖蹲下，抱起傑克，將他放在膝上，輕輕摸著他的頭，說：「但你應該知道，老乖的身體狀況沒辦法應付突如其來的變化，我需要一位足智多謀、身經百戰的勇敢探員來協助老乖度過這段時間……」

「小狄。」傑克盯著狄念祖。「你說的這個探員，該不會是我吧？」

「嗯。」狄念祖點點頭。「傑克，我不是爲難你，我找不出比你更加優秀的探員了！」

「小狄，你要把我跟這老狗關在這裡，你的心肝是黑色的嗎——」傑克不可自抑地尖叫起來。

「冷靜、你冷靜！」狄念祖連忙摀著傑克的嘴，安撫地說：「我不是要關你，這是任務、是任務……這樣好不好，我們打電話給田小姐，問她的意思，如果她覺得你不適任，我立刻帶你回去，好不好？」

「嗚……嗚嗚……喵嚕嚕……」傑克哭著抗議：「你……拿主人壓我？你明明知道主人……一定會要我照你的話做……」

「我說過了，我不是在爲難你，我們得完成使命啊！包括你的主人在內，我們全都拿命在拚。」狄念祖無奈地說：「這份工作糨糊跟石頭完全不可能勝任，我需要你跟米米留在這裡，一同照顧老乖。你曾經在第五研究本部的實驗室裡躲了很長的時間，你有這個本事。」

「當時那間實驗室很大啊，有食物有水，有地方讓我撒尿……」傑克哽咽地說：「這裡除了這怪物電腦和怪老狗，跟一堆普通電腦之外，什麼都沒有，我吃什麼？怎麼大小便？」

「你放心，我都帶來了。」狄念祖見傑克態度軟化，笑咪咪地抱著傑克，自背包裡取出一些貓糧和飲水，和老乖的食物——汽油，以及讓傑克排泄的小盆，說：「到了晚上，米米會變形，她會幫你處理盆子裡的大小便……」

「地球上最勇敢的貓特務、最強大的貓特務、獨一無二的貓特務！」狄念祖見傑克又要嚎哭，連忙安撫地說：「我保證我一定會來接你，好不好？」

傑克掙開狄念祖的擒抱，搶下他手上的貓糧和小便盆，躍至一處角落，放下貓糧和便盆，抹去眼淚，背對著狄念祖伏下，一句話也不說。

「夥伴，我們就這麼說定了，我一定會來帶你出去。」狄念祖見傑克這模樣，雖有些於心不忍，但也只能多讚美他幾句；他看看時間，向老乖道別，這才走出壁櫥，關上櫥門，和守在房門旁的米米交代了些瑣碎事項。

「狄大哥，交給我吧。」米米在行動之前，便聽狄念祖交代過整個任務過程，她花了些時間掩護狄念祖離開行政中心，才又回到這小室，進入壁櫥，將銀臂自壁門縫隙鑽出，替壁門和房門上鎖，再讓銀臂沿著牆關上燈，且取下擋在監視鏡頭上的銀蓋，默默地來到老乖身邊坐下。

傑克惱怒米米事先知情卻不和他說，儘管米米偶爾主動開口也不理不睬，對著牆生悶氣。

另一邊，狄念祖循著原路回到六號飼育場，來到他躍出的那扇氣窗下，向在窗邊等待許久的黃才比了個「成功」的手勢。

黃才垂下一條長繩，讓狄念祖揪住繩子，再將他拉上窗邊，拉入窗裡。

CH07 繁殖

「糨糊，不可以！」月光扠著手，低叱著第三度想要把揉成長條狀的衛生紙塞進狄念祖鼻孔裡的糨糊。

糨糊收回捏著衛生紙的黏臂，乖乖捲下貨架上數箱東西，準備送往門外的拖板車，一面對月光解釋：「公主，我們都在工作，飯卻在睡覺，我只是想叫他起床。」

「狄快天亮才睡。」月光也抱著一簍工具，還伸手牽住糨糊，往門外走，生怕他逮到機會又想捉弄癱趴在小桌上睡死的狄念祖。

月光帶上門，和糨糊將一箱箱東西全堆在門外的大型拖板車上，拉著拖板車往載貨電梯走去。沿途他們經過了數台監視器的拍攝範圍，一點也不擔心被拍到。

狄念祖花了一整晚的時間，遠端操作擺在遊客行政中心那壁櫥裡的筆記型電腦，成功地駭入聖泉海洋公園安全中心的電腦主機，偷天換日地將整個六號飼育場的監視器即時畫面，調包成舊日存檔影像。

整座海洋公園架設著數百具監視器，狄念祖和黃才都相信監管人員不可能從幾百處分割畫面裡，發現其中幾個即時畫面被掉包成了錄影畫面。

如此一來，黃才的飼育任務便可以正大光明地展開。

黃才花了一上午，將六號飼育場裡原本養著的水生動物，全從排水設施放回大海，排水管線外的監視畫面也被動了手腳，監管人員看不到大群水生魚類游入大海的壯觀畫面。

在外待命的王爺則指揮起夥伴，經由排水管線將一批批深海神宮造出的生物幼苗運往六號飼育場。

「公主、公主，妳看！」糨糊呼叫起來，他湊近三樓飼育池邊，見到覆蓋在上頭的黑網已被黃才掀去，池子裡出現了密密麻麻的小章魚群。

黃才坐在三座池的其中一座池邊，身旁一輛小推車上堆滿各式各樣的藥劑，手上抓著快被翻爛了的小筆記本，嘴上叼著筆，一會兒搔搔腦袋、一會兒扒扒鬍子，像是傷透腦筋，研究了好半晌，才動手調整藥劑。他將十五、六種藥劑倒入一旁的大桶子中，最後摻入清水。

「拿去倒進一樓、二樓的飼育池，大池子兩瓢、中池子一瓢半、小池子一瓢，別多倒或是少倒了。」黃才將大桶子提到月光面前，吩咐她下樓施藥。

月光立時提起大桶趕往樓下，將藥劑倒入一、二樓那讓石頭刷洗得一乾二淨，且注入新水的飼育池中。

「大海星。」黃才又喊來糨糊，指了指一處飼育池，說：「把那個池子的水放掉，把池子清乾淨。」

「水放掉？」糨糊走近那池邊探頭望望，只見這池子和另兩只池子裡看起來沒有太大不同，昨日黃才分別在三處飼育池裡放入三隻待產小章魚，今天便生了滿滿三池章魚，而黃才卻要他清光其中一池，他問：「裡面有小章魚呀，為什麼要把水放掉？」

「那池的母章魚養壞了，整池小章魚都是失敗品。」黃才隨口回答，順手拿起池邊一只怪模怪樣的長竿，那長竿狀如魚竿，握柄處的線路連接至地上的電瓶，長竿尖端呈叉狀，黃才按下握柄按鈕，那長竿叉處發出了滋滋的電流聲。

黃才將長竿探入池中繞轉半晌，不停放電，只見裡頭的小章魚似乎不怕電擊，仍然自在悠游。

「鬍子，你要電死他們吶？」糨糊驚訝地嚷嚷起來。

「他們不怕電。」黃才瞥了糨糊一眼，又提著長竿，來到另一池旁，將長竿探入水中，放電。

這一池的小章魚群感應到了電流，同樣更加活躍，但與先前那池不同之處，是這池的小章魚群，開始隨著長竿的擺動群游起來，黃才緩緩揮掃長竿，小章魚群們越聚越密，幾乎要擠成了一個整體。

黃才改變了按壓按鈕的節奏，像是輸入了一串指令，只見小章魚群群游的態勢開始出現改變，他們擠得更近之後便不游了，這隻攀著那隻、一個攀著一個，黃才緩緩將長竿提起，小章魚群也跟著被提起。

「哇！哇哇——」糨糊簡直不敢相信自己的眼睛，他見到黃才竟猶如以長籤挑起一塊年糕那般地將小章魚群提到了水面以上。

黃才反覆改變放電節奏，緩緩搖晃長竿，小章魚群則聽話地按照黃才的指令變化成各種立體幾何形狀。

「我也要、我也要玩！」糨糊擠上前，一把搶下黃才手上的長竿，胡亂按著放電按鈕，但他不懂施令節奏，按了幾下，本來巨大的小章魚幾何體，立時嘩啦啦地散落進水池裡。

「咦？爲什麼？」糨糊失望地湊在池邊，還將黏臂伸進水裡撈那些小章魚。

黃才搶回長竿，也懶得斥責糨糊，任他伏在水池旁嘮叨抱怨，自個兒轉身繼續其他工作。

□

唰啦啦啦——

喀啦啦啦——

狄念祖被一陣自遠而近的重物拖地聲吵醒，警覺地起身來到門邊，探頭出去，只見糨糊鬼鬼祟祟地拉著數只盛水大箱，轉進廊道中一間備用空房——這地下二樓是污水處理和倉儲區域，除了一處簡陋的辦公空間外，還有數間備用空房。

他跟了上去，來到那空房外，見糨糊將拖進房裡的四只盛水大箱整齊地排放到牆邊，跟著水箱旁，喃喃自語，還伸手到水裡摸撈把玩，不時發出咯咯笑聲，突然糨糊尖叫一聲，嚷嚷起來：「生蛋了、生蛋了！好多蛋！」

「你到底在幹嘛？」狄念祖好奇地湊上去瞧，只見其中三只大水箱裡裝著是滿滿的小章魚，另外一只，則是隻拳頭大小的母章魚，那母章魚身子一抖，身下立時噴出一堆淡紫色的卵。

「飯，你醒啦！你看、你看，章魚生好多蛋！」糨糊興奮地對著狄念祖比手畫腳起來，自吹自擂地炫耀自己多了一批章魚部下。

糨糊雖講得前言不對後語，但狄念祖還是大約聽出前因始末。

這隻母章魚是失敗品，生出的小章魚無法按照電流指令集結凝聚，黃才爲了騰出更多空間，集中全力飼養兩隻完好的母章魚生產出的小章魚，決定捨棄這隻失敗母章魚，吩咐糨糊將這批母章魚連同小章魚扔入排水管線，任其自生自滅——缺乏特定營養液的母章魚和小章魚們，在數日之內便會死盡。

然而糨糊卻是陽奉陰違，搬著四大盆章魚來到地下二樓，卻未將之倒入排水池，而是將盆子灌滿水藏到空房中，打算私自飼養。

「嗯，那你加油……」狄念祖聽完糨糊說明，也沒太多意見，他知道與其讓糨糊無所事事吵鬧搗蛋，不如讓他專心養章魚。

狄念祖隨口敷衍幾句，步出空房，本想再睡會兒，但想到傑克處境，心中不安，趕緊回房用黃才的筆記型電腦，透過通訊軟體與潛伏在遊客行政中心機房裡的米米等人聯絡。

米米回報機房裡除了傑克仍鬧彆扭，縮在角落不言不語之外，一切安好，上班時間這大半天下來甚至沒人前往機房探視。

狄念祖知道這是由於整個聖泉懂得維護冰壁系統的人員極少，那少數人員必然將心思放在一些重點設施，如安全區域外的夜叉營、阿修羅營、破壞神營，以及地下實驗區域上，這遊客行政中心能夠分配到的關注便極少了。

「哼哼……」狄念祖冷笑幾聲，心想那批電腦資安人員肯定認爲全世界只有他們懂得冰壁，但想破頭也想不到冰壁的設計參與者狄國平私自造出了「橋」，且還將一個針對冰壁量身打造的專屬攻擊程式一併留給了狄念祖。

□

「進展如何？」黃才將便當放在狄念祖面前，此時正值午休時間，狄念祖卻仍窩在地下二樓的辦公區域，對著電腦發愣。

「看來我想得太美了。」狄念祖苦笑了笑，伸了個懶腰，揭開便當扒起飯來，指著螢幕說：「看，遊客行政中心、水生動物展覽區、陸生動物展覽區、飼育區、遊樂設施……」

螢幕上那圖表看起來像是地圖卻又不是地圖，那是整個海洋公園區域裡的冰壁分布位置。

「遊客行政中心的冰壁系統，雖然串連其他設施的冰壁。」狄念祖說：「但這些設施大都是無關緊要的設施，我猜聖泉將冰壁系統分組管理，軍事部門和地下實驗區域的電腦，有專門的冰壁系統負責。」

「所以，簡單來說，你現在能夠影響的區域，只有海洋公園遊樂設施跟飼育設施？」黃才這麼問。

狄念祖點點頭說：「或許還有我沒發現的地方，但我現在能夠掌控的系統確實只和海洋公園有關，如果要持續深入地下研究室，可能有點難度……等等，我差點忘了，傑克曾說過，你們有人能夠隨時進入實驗室喚醒袁安平？」

「是啊。」黃才點點頭，指了指門外。「還記得那些排水管路嗎？」

「我懂了……」狄念祖說：「你們派小魚從排水管分散到各大水池裡？」

「差不多是這樣。」黃才說：「地底實驗室的設計人員，當初為了迎合袁唯、袁燁兩兄弟的脾胃，在建構地底實驗室時設計了不少造景水缸，全都使用和各大展示區相同的自動換水系統，排水管路也相連。現在小魚小蝦早已分布在整個地下實驗室裡，其中兩三個傢伙確實有能力突破水缸，直闖實驗室，不過……要喚醒袁安平倒是有些困難。那些傢伙不夠聰明，我不認為他們懂得操縱那些儀器，我們最後還是得靠外頭的技術人員進來處理。」

黃才吁了口氣，繼續說：「現在有個難題，是地下實驗室外頭守備森嚴，而我們的技術人員卻又不可能通過窄小的排水管路，這也是為什麼神宮讓我飼養那些『黏土章魚』，他們能夠凝聚、集結，就像你那些小朋友一樣，到時候我們的攻擊人員會先從實驗室外頭發動攻擊，引起騷動，再由這些『黏土章魚』掩護突擊隊伍從排水管路攻入實驗室，想辦法救出袁安平。」

「黏土章魚有這種能耐？」狄念祖不解地望著那些拇指大小的小章魚，此時他已知道聖殿神宮大戰時那艘「鯨艦」，眞實身分就是這些「黏土章魚」。

「黏土章魚必須靠『大腦』才能夠進行更複雜的行動，神宮的人在發動攻擊的前一天，會將『大腦』運進來，同時也有技術人員進來協助。我們甚至打算透過攝影設備，由技術人員遠距離指揮黏土章魚，繞過守衛，潛入袁安平藏身的實驗室，將他救出。」

「這難度眞不小。」狄念祖搖搖頭。

「這是原始方案。」黃才說：「我們也覺得難度太高，所以需要超級駭客，儘可能地幫助我們排除地下實驗室的阻礙。」

黃才說到這裡，見狄念祖默然不語，便又說：「我不是說你派不上用場，事實上你已經幫我們解開了個大難題，讓我能夠順利繁殖這些黏土章魚。今晚王爺會再運來更多母章魚，這裡不夠用了，我需要更多飼育池。」

「更多飼育池？」狄念祖有些不解，問：「你是指……你需要其他飼育場？」

黃才指著狄念祖貼在桌邊牆上的海洋公園地圖，手指在其中一塊區域圈了圈，說：「整個海洋公園有十二間飼育場，八間養水生動物、四間養陸生動物，我們在這裡……」黃才點了點其中一處飼育場標示，說：「幫我搞定這幾間。」

狄念祖見黃才手指圈起的範圍，分別是五號、七號和八號飼育場，這三座飼育場，和現在他們所在的六號飼育場位置鄰近，而一到四號飼育場，則在百來公尺之外。

□

「大家不要放棄、千萬不要放棄，只要你們祈禱、所有人一起祈禱！」電視機的畫面上，一名神之音教眾，長袍披地、黑紗蒙臉，用著高八度的男性嗓音，聲嘶力竭地對著台下數萬名觀眾喊著：「神一定會降臨！奇蹟必然會出現！」

「拜託小聲一點，我聽了想吐。」狄念祖白了王爺一眼。

「你不覺得有趣嗎？」王爺用他的蝦螯將角落那小電視的音量調小了些。

「這樣我沒辦法專心啊老兄。」狄念祖抓著頭，他面前那張小桌上擺著四台筆記型電腦——數小時前，神宮人馬自排水管路運入大批物資。

「好好好，不打擾你。」王爺嘟嘟囔囔地關了電視，搖搖晃晃地走出地下二樓的小辦公空間，還順手將門帶上。牠這大龍蝦上了陸，動作緩慢滑稽許多，走起路來搖搖晃晃，像隻喝醉的企鵝。

此時整座六號飼育場內熱鬧非凡，不時有神宮的蝦兵自排水池運入各種器具和物資，裡頭接應的人員則忙著清點、分類這些器具物資。

「出發。」黃才向身旁兩個蝦兵比了個手勢之後，翻身躍入排水池，他一入水，臉頰立時也生出鰓，他的體內也有半魚基因。

他在排水管路中繞游半晌，浮出一處大池，轉頭四顧一番，這兒的建築構造和六號飼育場地下二樓如出一轍，他翻身出池，取下腰間裝在防水袋裡的手機，按了按，低聲問：「你確定都沒問題了？」

「當然。」電話那頭狄念祖的聲音聽來疲憊而煩躁，他補充說：「七號也處理好了，八號還需要二十分鐘。」

「好。」黃才掛上電話，轉身往樓上走，還隨手從貨架上拿了塊乾布擦拭渾身濕衣。

「你？」一名在三樓飼育池邊工作的人員，見到一身濕漉漉的黃才，有些呆愣，茫然地問：「你是六號的……」

他話尚未說完，黃才已經走到他面前，一把捏住了他的嘴巴，將一管麻醉劑注射進他頸子裡。

跟著，黃才又找到窩在四樓員工宿舍打盹休息的兩名工作人員，用相同的手法將他倆弄昏，其中一人見到黃才對同伴動手，嚇得從椅子跌下，急得掏出手機要撥電話求救，但是他撥按半晌，才發現電話毫無反應——

狄念祖事前便已取得這些飼育場的員工名單與手機號碼，透過手機程式病毒，入侵員工們的智慧型手機，配合黃才發動攻擊的時間，切斷特定人員手機的通訊功能。

跟在黃才後頭的蝦兵們，七手八腳地替三名員工戴上呼吸口罩，從排水管路運出，送往祕密基地暫時囚禁。

更多蝦兵湧入這座被攻下的飼育場，忙碌地清理飼育場裡大大小小的飼育池，同時將自外攜入的母章魚一一放入乾淨的水池中，施灑特製藥劑，有些母章魚一入池子，划游了兩下，便生出了大批章魚卵。

接下來半小時，黃才以相同方式，佔據了七號和八號飼育場。

CH08 聖戰前十小時

「我呀……」

傑克像是個躺在海灘曬太陽的阿伯般，微微倚躺在自己的小背包上，露出黃白色肚皮，望著昏暗的天花板，喃喃地說：「我的來歷說出來，可會嚇死你們。這說來話長，袁家三少爺袁煒曾經追求過一個女人，是個知名的女明星，袁煒聽說她喜歡貓，就要屬下們造幾隻會說話的小貓來討她開心，造是造出來了，我就是其中一隻，但女明星不但不開心，還嚇了個半死——那時聖泉集團的生物科技曝光的部分不多，大家不知道聖泉除了會製靈藥，還會製造能夠說話的貓呀。」

傑克翻身換了個姿勢，繼續說：「總之呀，袁煒這渾蛋搞砸了。他搞砸就算了，竟遷怒到我們身上，說我們是失敗品，要將我們全部銷毀；還好當時負責銷毀的研究員助理小妹雖然長得不美，但有副好心腸，不忍心銷毀我們，暗地裡將我們轉送往其他部門讓一些愛貓員工認養照料，主人便這麼收養了我。」

「呿！」老乖側躺在冰壁主機旁，用後爪搔著癢，翻了翻白眼說：「這來歷究竟哪裡嚇人啦？」

「哼，你這醜狗，要是換成你，那助理小妹見你這醜樣，直接就把你銷毀啦！」傑克蹦了起來，喵喵大叫。

「銷毀也沒什麼不好。」老乖不屑地答：「你這蠢貓，你以爲我天生長這德性嗎？還不是聖泉那些喪心病狂的傢伙搞的，要是我當年知道自己會變成現在這樣，我不如當時就死了算啦，你這傢伙被人類當成玩具還沾沾自喜。」

「人類也有好的。」傑克反駁：「像我主人就是好的，她可沒把我當玩具，在她身邊，我可是世界第一貓特務；還有小狄跟小狄爸爸也是好人，難道你覺得他們是壞人嗎？還有呀，像是我們的老林哥、莫莉姊、高霑叔、阿邦哥……」

「傑克、傑克！」米米低聲喊：「你主人叫你呢。」

「主人！」傑克一個觔斗蹦彈起來，再一蹦躍到了筆記型電腦前，望著螢幕上視訊畫面那女人，正是田綾香。

「傑克，辛苦你了。」田綾香這麼說。

「主人，一點也不辛苦、一點也……不辛苦……」傑克抓著電腦螢幕，激動地說：「這是我的職責，我是特務貓，爲了……完成任務，赴湯蹈火在所不辭……喵……喵嗚……」

「好了，傑克別哭，專心聽我說。」田綾香淡淡地說：「袁唯的聖戰會在黎明時展開，現在距離天亮還有十個小時，我們的人已經完全進入海洋公園各處，現在有專人監看你們遊客行政中心大樓裡的監視器，你們可以放鬆警戒，在這十個小時裡好好休息，到時我們的人會去接你們和狄念祖會合，展開下個任務，這是我們最後一戰，無論如何一定得成功。」

「是的，主人！」傑克抹抹眼淚，神情轉而堅毅，他見田綾香吩咐完便要起身，立時喵喵叫了起來，嚷嚷喊著：「主人、主人！」

「怎麼了？」田綾香問。

「我……」傑克囁嚅半晌，總算說：「如果我們擊敗袁唯、世界和平之後，主人……能夠讓我陪伴在主人身邊，當一天家貓嗎？沒有任務、沒有危險，我想躺在主人懷中，什麼事也不用想，只要……只要……當隻普通的貓就好了……」

傑克說到這裡，眼淚又落了下來，他立時伸爪抹去。

「若我們成功。」田綾香笑了笑。「那就不是一天，而是永遠了，傑克。你永遠都是我的寶貝貓咪。」

「喵吼！主人好棒——」傑克開心雀躍地揮爪歡呼好半晌，這才與田綾香告別。

結束了視訊，傑克的情緒似乎尚未從雀躍中平復，他在這小室裡繞起圈圈，和米米暢聊著以往田綾香對他多麼好，他見到老乖側躺在地背對著他，像是對他與田綾香之間的對話一點也不感興趣，便調侃他幾句：「嘿！老狗，你看我主人對我眞好！你羨不羨慕？」

「有啥好羨慕。」老乖沒好氣地說。「有主人能活，沒主人也一樣活，沒辦法活，死了也沒什麼。」

「嘴硬，你明明就很羨慕。」傑克本想再多嘲笑老乖幾句，但見老乖那變形的背影看來有些孤寂，便將已經滾到喉間的那些尖酸話語嚥了回去，改口說：「你也不必太羨慕，到時候莫莉姊一定會把你身體治好，你會比現在好看、你會有個主人，說不定跟我主人一樣好，啊，我叫小狄當你主人好了，他是我好朋友，我跟他說兩句，他一定答應。」

「他就算答應，也要看我願不願意。」老乖像是對找個主人一點興趣也沒有，仍懶洋洋躺在地上，只是略微換了個姿勢。他已經連續數日這麼伏著，平時只喝下少量的汽油和維持體力的藥劑，偶爾才起身到角落的小便盆撒泡尿。

「哼！跟你眞是話不投機……」傑克哼哼地把玩起狄念祖的電腦，在這之前，傑克偶爾因爲過度無聊，想碰碰電腦，便會被狄念祖透過通訊軟體嚴厲喝止，那樣會妨礙他遠端操縱火犬程式。但此時狄念祖正爲了明日的聖戰養精蓄銳，沉沉睡著大覺，好幾個小時都沒在電腦前。

傑克喊來米米，在視訊鏡頭前自拍了幾張照片，打算當作紀念，但總覺得少了老乖便不夠完整，他便調整螢幕方向，將自拍鏡頭轉向老乖，又拉著米米湊到老乖身旁，硬是與一臉不屑的老乖完成合照，還瑣碎地埋怨著：「連笑都不會，這可是重要任務留影啊。」

傑克拍完合照，準備整理那些自拍照片，看哪幾張拍得最好，可以送給主人田綾香當成手機桌面。他開啓圖檔程式，第一張圖片，是張螢幕截圖，上頭是些文字。

「你是個充滿……」傑克看了幾行字，丈二金剛摸不著腦袋，跳過幾張圖，發現全都是火犬獵人裡的訊息畫面截圖，這才知道這些截圖是狄念祖在破解火犬獵人時，順手擷取下來的圖檔，他也立時明白，這段文字自然是狄國平留給狄念祖的訊息。

他跳回原本那篇文字截圖，好奇地讀了起來——

你是個充滿生命力的孩子，你有著屬於自己的人生，你必定不會想要照著我的指示行動、不想照著我的意思生活。

我完全能夠理解，因爲我和你一樣。

或者說，你和我一樣。

曾經有一段時間，我認眞思考如何將你和我身處的領域區隔開來，讓你好好地經營屬於自己的人生。

但是漸漸地我發現這是一件不可能的事。

情形已經失控了。

當你讀到這封信時，或許你已察覺身邊的異樣、或許你正身處險境、或許你仍一無所知。

但如果你想知道這些日子以來，你憎恨的人和深愛的人，究竟是爲了什麼而奮鬥，以及你不得不面對的使命，那麼請你試著開啓它，就當是我給你的最後一道考驗——

以你爲榮的父親　狄國平

「火犬2.2.7 (Official version)」

「喵喵……」傑克在電腦螢幕前舔著爪子，回想著那天早上狄念祖紅著眼眶的模樣，正想對米米說些什麼，突然聽見通訊軟體叮咚作響，點開來，是臭著臉的狄念祖。他陡然一驚，想起這台電腦與六號飼育場的電腦遠端連線，那兒的電腦螢幕同步顯示著這台筆電的螢幕畫面，他剛剛拉著米米自拍，以及偷看狄念祖私信這舉動，自然都被飼育場那端的人看了個一清二楚。

「我不是跟你說過，叫你別碰電腦嗎，這樣我怎麼遠端操縱火犬，你是糨糊啊？講不聽嗎！」狄念祖一頭亂髮，神情疲憊，像是剛睡醒般。

「……」傑克本想道歉，但聽狄念祖一張口便罵人，這兩天逐漸平復的委屈又油然而生，喵嗚幾聲躍開老遠，蹦回原先那個鬧彆扭的角落，面對著牆，不理睬狄念祖。

傑克靜坐半晌，沒聽狄念祖多說些什麼，轉過頭來，見到螢幕上程式快速切換，一會兒是各地監視器畫面、一會兒是火犬操縱介面，這兩天狄念祖忙碌時，電腦始終是這模樣。

「小狄這幾天脾氣真壞。」傑克知道自己再怎麼抗議，狄念祖也不會理他，便躍到米米身邊，氣呼呼地埋怨起來。

「這幾天電腦跑個不停，狄大哥很少休息。」米米這麼替狄念祖緩頰。

「我們也很辛苦啊，被關在這鬼地方，像是坐牢一樣。」傑克站起，張開爪子。「明天看見他，我肯定要他好看！」

□

「念祖，你還是多歇歇吧。」林勝舟拍了拍狄念祖的肩。「這裡讓我們顧著就行了。」

「嗯……」狄念祖又檢視了幾處地方，這才起身，讓寧靜基地的電腦人員接著看管。

「你不再多睡會兒？」林勝舟問。

「睡夠了。」狄念祖伸了個懶腰，扭轉起身子，像是做起熱身操一般。「沒日沒夜對著電腦好幾天，我得動動身子，免得明天反應不過來……」

狄念祖說完，走出這地下二樓的辦公空間，此時寧靜基地、深海神宮的人員已然大舉進駐這四座飼育場。地下二樓數處排水池邊，都圍著蝦蟹士兵。

只見一處池子那兒圍滿了人，十分熱鬧，突然嘩啦啦一陣水聲，又有一批人員自水池裡浮出，帶頭那傢伙正是康諾得力助手墨三。墨三是條紫灰色大章魚，他自水裡躍上池邊，抖了抖身子滑下地，八條觸手撐地立起，像是人類站立，一旁的蝦兵遞來白袍替他披上，兩隻觸手穿出袖口，看來更有幾分人樣。

「啊呀，你好樣的！」墨三見到狄念祖走來，立時三步併作兩步趕去，抓起狄念祖的胳臂捏了捏，問了些拳槍和身體近況。

「最近沒機會打架，不過我想應該沒有問題。」狄念祖這麼說，又伸手捏了捏臉。

「不過半魚基因還是沒反應，我想是長不出鰓了。」

「長不出就長不出，你好歹是個人。」墨三說：「我要告訴你一個好消息，我們可沒忘了你，這些天治你身體的藥有了突破，新藥可以長期抑制你身體裡的急速獸化基因，可以讓你活更久些。」

「是嗎……」狄念祖呆了呆，這些天他有時幾乎要忘記自己命在旦夕這件事了，此時聽墨三告訴他這好消息，一時間也不知該作何反應。

「怎麼？」墨三見狄念祖沒太大反應，瞪大眼睛，氣呼呼地說：「你這小子已經將自己當成烈士啦？能活下去，不好嗎？你可知道我們當中一批負責替你研究新藥的夥伴，這些天來不眠不休地一再實驗嗎？」

「我是眞的忘記這件事了……」狄念祖苦笑了笑說：「有可能……是因爲之前我過的日子不是痛苦到生不如死，就是緊湊危急到我以爲自己隨時會死，這些日子我對自己還能活多久這件事，眞的沒有太大感覺。」

「如果明天開始的大戰，我們都能平安活下來……」狄念祖拍了拍墨三以觸手撐起的白袍肩線，說：「我會鄭重向你道謝。」

「嗯。」墨三點點頭，說：「活下來最重要，活不下來，啥新藥也沒意義了。」

水池邊更熱鬧了，傑夫也濕淋淋地攀出水池，且指揮著後頭幾名人員將一只半公尺見方的特製透明盒子抬出水面，謹愼地放置在池邊。傑夫和幾名研究人員，以及收到消息匆匆下樓的黃才，正比手畫腳地討論著那東西的安置方式。

狄念祖隱約見到那透明盒子裡裝著一堆不知道是什麼的東西，那是一串由三顆蘋果大小的球體，和五、六顆棗子大小的球體，彼此之間以上百條線狀物體聯繫著，遠遠看去，就像是一串連著藤蔓的瓜果。

但那串東西卻是活物，在那水箱中浮浮沉沉，有時還靠近箱邊，晃動著那些絲線或是小球體，像是在和眾人打招呼一般。

「那傢伙就是鯨艦的大腦。」墨三見狄念祖露出訝異神情，便對他說明。

「原來如此。」狄念祖呆了呆，總算明白那碩大鯨艦，原來是由這「大腦」指揮著無數的黏土小章魚，團結扮演出來的大傢伙。

「黏土章魚沒有智慧，只能依靠本能行動，我們得先花點時間跟大腦溝通，告訴他接下來得變成什麼樣子、進行什麼任務，大腦會將命令傳達給小章魚們，每一隻小章魚會牢牢記住自己的職責，中途脫隊了，也會努力歸隊，繼續任務，直到死去爲止。」墨三這麼解釋：「這個大腦是我們深海神宮這些年最成功的研究，僅此一隻。」

黃才與傑夫等商討了一會兒之後，指揮著研究員們，七手八腳地將「大腦」搬上樓，狄念祖本來好奇那大腦會如何指揮黏土章魚，也想跟去瞧瞧，但隱約聽見後方廊道傳出哭聲，他和墨三循著聲音找去，只見糨糊窩在他那幾只大水箱旁啜泣不已，月光也蹲在糨糊身旁，輕輕拍著糨糊的胳臂，安慰著他。

「怎麼了？」狄念祖愣了愣，上前關切。

「他的小章魚全死掉了……」月光這麼說。

狄念祖探頭去看，只見幾只大水箱裡本來密密麻麻的小章魚，一動也不動，那隻能生小章魚的母章魚也虛弱地漂在水池邊奄奄一息。

「你這小傢伙……」墨三擠了過來，拾起幾罐傾倒在地的飼料和藥劑瞧了瞧，又見數只大水箱底部都沉積著滿滿的飼料，便說：「是誰教你這樣餵牠們的？」

糨糊望了墨三一眼，將頭撇開，不理會他。狄念祖見糨糊那賊溜溜的神情，便已猜出了七、八分；這些飼料和藥品，想來是糨糊擅自從隔壁房的倉儲區裡偷來，隨興胡亂餵食之下，撐死了這些小章魚。

「咦？」墨三捲起那母章魚，端在觸角上瞧了瞧，說：「這隻還沒死，還有得救。」

「啊！」糨糊聽墨三這麼說，蹦了起來嚷嚷叫著：「快救牠——」

「別那麼急，我看看牠的狀況……」墨三揪著那母章魚翻看半晌，喊來一名助手，吩咐他取來各式藥劑，當場便替這母章魚診療起來，還不時應付糨糊那堆詢問，諸如「過濾系統是什麼東西」、「爲什麼不能多吃點飯」之類的問題。

狄念祖抓了抓頭，一點也不想知道黏土章魚的生活習性跟豢養方式，他將月光喊出房外，拉著她上樓。

「狄，你說想出去晃晃？」月光有些訝異地問：「可以嗎？」

「現在海洋公園裡已經混入不少我們的人囉。」狄念祖嘿嘿笑了笑，這兩、三天寧靜基地和深海神宮的人馬，在狄念祖入侵監視系統將即時畫面掉包成過往錄影畫面後，便開始大舉遷入。

在田綾香、傑夫等人的規劃下，他們不僅進駐飼育場，甚至派出人員，向外推進，潛入了海洋公園內部隱密設施，準備在聖戰發動時從內部展開突襲。

海洋公園裡雖然設有密集的監視系統，且駐紮著強悍守軍，但實際上園區內的安全防護，卻沒有狄念祖起初想像中嚴密——守衛嚴密的區域多在地底實驗室和外圍的生物兵器營。

這是因為一來聖泉集團從來不是軍事單位，不管是袁唯還是袁燁，以及聖泉內部高層，大都不具備軍事攻防相關知識。他們深信光憑著大量的破壞神、阿修羅和夜叉團已足夠碾平全世界，而他們花大錢聘僱的傭兵部隊則都駐紮在各地安全區域外圍。

二來，現在的海洋公園，主要目的是安撫這塊專屬安全區域裡那大批富人恐懼不安的情緒，讓他們對袁唯心悅誠服，自然，裡頭可不能嚴密得讓人喘不過氣，而是儘可能地讓遊客感到賓至如歸，甚至是在自家後院散步一般；也因此，寧靜基地也針對這點，特地運入一批高貴衣飾，讓成員偽裝成園內遊客的模樣，進一步滲透至園內各區域。

「這兩天外頭很熱鬧，我們出去逛逛。」狄念祖拉著月光來到四樓臨時會議室，向田綾香打了招呼，表明自己想要帶著月光四處蹓躂的意圖。

「這不是個好時機。」田綾香淡淡地說：「但我相信你有本事顧好自己和大局，你想去就去吧。」

CH09 煙花下的驚奇

月光望著販賣機旁牆面那金屬裝飾上反射倒影裡的自己，擺擺手、挪挪腳步，撫了撫那大約懷胎六月的假肚子，只覺得十分新奇，忍不住問：「狄，如果這個肚子是眞的，裡頭眞的有個小孩？」

「是啊……」狄念祖捏著手上那幾枚印著袁唯頭像的硬幣端視半晌，才投進自動販賣機裡——聖泉在海洋公園裡推行專屬貨幣，在海洋公園內的一切消費都要使用這專屬貨幣，那些不同面額的貨幣上印著袁氏一家的頭像。

不僅是海洋公園，此時全世界的安全區域都在推廣居民使用各國現金、黃金來兌換這印有袁氏家族頭像的專屬貨幣。聖泉在某些國家設立了鑄幣廠，全天候大量生產專屬貨幣。若袁唯這算盤得以實現，在不久的將來，這種印有袁氏家族頭像的貨幣，將成爲世界上唯一合法流通的貨幣。

「不是小孩子，難道是小糨糊嗎？」狄念祖打了個哈哈，自販賣機取出兩罐飲料，遞給月光一罐，自個兒揭開一罐，咕嚕喝了起來。

此時的狄念祖戴著一頂西式帽子和金框眼鏡，嘴上還黏著一撮假鬍子。至於月光，則扮成孕婦，戴著一頂燙鬈假髮，塗著艷麗唇紅，還在嘴邊點了顆痣——

此時已是飼育場下班時間，若要在園區裡蹓躂閒晃，扮成遊客較妥當些，因此狄念祖提議和月光扮成年輕夫妻。

他知道明天即是大戰，生死難測，一干小侍衛此時不是忙著打掃飼育池，就是急著救章魚，全都無暇纏人，今晚或許是他和月光最後一次難得的獨處時刻。

磅！磅磅——

遠邊的夜空炸開了五顏六色的火花。

「嘩——」月光仰起頭、張大嘴，驚奇且讚歎地望著打上夜空的耀目火花，在此之前，她從未看過煙火這種東西。

或許是想替聖戰暖場的緣故，這兩天海洋公園舉辦起熱烈的祈福活動。廣場上，聚集了海洋公園安全區域裡數萬居民，神之音的使者們接二連三地登台演說，要群眾全心替明日的大戰祈禱。

「奇蹟，一定會降臨——」擴音設備隱隱傳來遠處廣場上的激昂喊話。

「奇蹟當然會降臨。」狄念祖喝了一口飲料，冷笑地咒罵起袁唯：「只不過未必和你這瘋子心裡想的一樣就是了……」

「小狄，擊敗袁唯先生之後，我們還看得到那個……」月光指著天上此起彼落的煙火，這麼問：「那麼美麗的東西嗎？」

「當然可以，那是煙火，不但可以看，還可以自己放吶……」狄念祖咕嚕嚕地喝著飲料，突然想到了什麼，拉著月光胳臂繞往他處。

這些天來，他早將整座海洋公園的所有設施摸了個一清二楚，知道園內商店街有販賣仙女棒。

他倆一面欣賞煙火，一面往商店街逛去，沿途不時與安全區域的居民們擦身而過，令狄念祖瞠目結舌的是，這些人中不乏以往在電視上才能夠見到的演藝圈、政商界知名人士，他暗暗猜測若是自己閉著眼睛，隨意在身前身後抓十個人，那十人身家總和或許超過百億。

然而在經歷過這麼一連串天翻地覆的世界動亂之後，大多數有錢人的神情裡都少了以往的傲氣和嬌貴，取而代之的是低調和茫然；他們的身上和手上都掛著印有袁唯頭像的吊飾和項鍊。

狄念祖也晃了晃腕上那只繫著一顆袁唯頭像綴飾的銀製手環，這些東西自然是這兩天滲透進園內的寧靜基地成員特意備妥的道具。

他們在商店街裡一家復古柑仔店裡買到了仙女棒，還順手挑選一些古早風味的零食糖果，狄念祖見月光一樣樣地把玩那些小玩物、小糖果，這些東西每一樣她都不曾見過，他也一一介紹。

「哦——」狄念祖起初只想選幾樣古早味糖果，瞧瞧月光吃著新奇糖果的表情，跟著他見到了那會在嘴裡噴炸氣泡的跳跳糖、又見到了外酸內甜的整人糖，便想起了糨糊，忍不住多抓了幾把新奇零食進提籃裡。

他們提著仙女棒和零食，迎著夜風越走越遠，由於今晚的祈福晚會並沒有限時，園內多的是四處蹓躂的遊客。

狄念祖和月光循著小坡往上走，來到一張面向煙火施放處的長椅坐下。這煙火盛會像是永無止盡，中間穿插著歌舞表演和祈福演說，每每表演節目結束，便是一陣燦爛煙火竄射上天，將夜空炸得五彩繽紛。

「嘿，妳看，那邊好像就是以前我們待過的小木屋。」狄念祖指了指遠方一處矮坡，那兒是海洋公園用來招待超級貴賓的豪華別墅區，也是當初大堂哥用以安頓月光的地方，此時那兒除了原本一排排雅緻別墅外，又增建了幾棟三、四層樓的奢華豪宅。

「後來……」月光望著那排別墅，若有所思。「又發生了好多事……」

「是啊。」狄念祖點燃一支仙女棒，遞給月光。

「哇！」月光接過仙女棒，望著燃動的火花，覺得有趣極了，揚臂揮舞了幾下，只見那簇火花漸漸小了，她便鼓嘴去吹，以爲能將火吹旺些。

「要這樣子玩。」狄念祖哈哈一笑，將一支新的仙女棒交在月光另一手上，握著她手腕，將新仙女棒按在將要燃盡的仙女棒末端那火光之中，只聽見滋滋聲響乍起，火光立時加大許多，舊的仙女棒點燃了新的仙女棒。

「哇……」月光接過新點燃的仙女棒，開心地揮舞起來。

他們花了小半晌時間，點光了所有的仙女棒，還吃下不少零食糖果，心滿意足地倚坐在長椅上，靜靜欣賞著在那神之音成員再一次演講過後新一波打上天的煙火。

「這裡好美，每一樣東西都好美。」月光若有所思地說：「但是到了明天……」

他倆此時不約而同地想起了袁唯發動創世計畫時的情形，狄念祖可沒忘記當時遠處那座大摩天輪輾過大半個園區廣場的慘狀，此時摩天輪已經修復，美妙地運轉著。

「這也是沒辦法的事，這個世界生病了，我們得治好它、得消滅病源，那個病源就是袁唯。」狄念祖苦笑了笑，望著月光。「治療的過程很辛苦、很痛苦，很多人會受傷、會流淚、會痛、會死。但如果不管它，受傷、痛苦、流淚、死去的人會更多，而且永遠不會停止。」

「嗯。」月光點點頭。「我知道。狄，明天不論發生什麼事，我都會幫助你，你救過我太多次，只要你能平安，就算要我死去，我也願意。」

「我們都不會死！」狄念祖故作大方地攤了攤手，他笑著摸摸月光的頭，露出一副想講些浪漫情話的神情，但不知怎地嘴張半晌，半個字也吐不出來，反而支支吾吾不知所云。「哈哈，到時候我們都會活著……那時候……我們……妳記得那時候，我是說那個晚上，在頂樓……」

「嗯？」月光聽狄念祖一句話說得前言不對後語，只當自己讓煙火分了神沒聽仔細，便將臉湊近些，正經望著狄念祖，要聽他究竟想講些什麼。

「那時候在頂樓，我不是說打敗袁唯之後，就讓妳當女主人嗎？這個……所謂的女主人的意思是……」狄念祖見月光認眞望著自己，腦袋更是一片空白，一瞬間不知道該如何說起。他突然伸手進口袋裡，掏出了個東西，是只絲絨小盒子——

裡頭裝著一枚便宜的戒指，這是他這兩天趁著午休外出用餐抽空繞去商品街買的。

「好像有點突然……我也不知該怎麼解釋。」狄念祖一面說，一面揭開絲絨小盒的盒蓋，正想取出戒指，突然見到月光的視線不在他的臉上，也不在絲絨小盒上，而是直視著他後方，一臉迷惘和訝異。

「不會吧，難道糨糊那臭小子又找來了……」狄念祖連忙轉頭，卻見到距離長椅數公尺遠處，站著一個女人。

那女人戴著帽子、帽沿壓得極低，長髮披肩，雙手插在外套口袋裡，直勾勾地望著狄念祖和月光。

狄念祖雖看不清那女人臉面，但覺得那女人有種說不上來的詭異感覺，他見那女人朝他倆走近，立時站起，保持警戒。他不免焦急後悔，心想或許是這些天行動順利，又犯了得意忘形這毛病，在這臨戰時刻偏要拉著月光蹓躂玩耍，甚至妄想向月光求婚，此時距離明晨大戰只剩數個小時，要是在此時惹出了麻煩，那後果可是不堪設想。

「妳……」月光也站了起來，神情訝異緊張，顯然也察覺到了一種難以言喻的詭譎壓迫感。

那女人帽沿底下的面孔，像極了月光。

狄念祖在那女人走近至離他約三公尺時，發現了這一點，驚駭地後退了兩步，他腦袋裡立時閃過了個不妙的念頭。

「前輩。」那女人對月光笑了笑，略揚起頭，露出的臉面讓長椅旁的街燈一照，長相和月光一模一樣。

「她也是女僕！」狄念祖低呼一聲，他見那女人此時走路姿態和月光、聖美十分相近，一開口，就連聲音都與月光極其相似。

但看起來，年紀卻似乎較月光大上兩、三歲。

「她就是蘇菲亞？」一個更加稚嫩的聲音自他倆身後響起，狄念祖又是一驚，那聲音也像月光，但同樣不是月光，他回頭，後頭也站著一個女孩。

那女孩一頭金髮，面貌也和月光極其相近，卻似乎又比月光年幼幾歲。

「看起來是。」年長的女人點點頭，視線停留在月光那變裝的假肚子上，露出了狐疑的神情，說：「但她應該沒有身孕才對。」

「帶回家讓王子看看就知道了。」年幼女孩這麼說。

「王子！」月光可是一驚。

「袁正男也在這裡？」狄念祖也是大驚，他本以爲大堂哥害死斐姊和斐霏這事傳揚開來之後，溫妮和斐家軍早已肅清了全球第五研究本部裡爲數不多的親近大堂哥的人馬，集結全球第五研究部殘軍，要和袁唯決一死戰；這讓本來袁唯想藉由大堂哥袁氏招牌整合第五研究部的計畫變得窒礙難行，大堂哥對袁唯而言已沒有太大價值，卻沒料到袁唯仍然收留了大堂哥，還將他安放在這重要聖地裡，甚至賞賜給他新女僕。

「走吧，王子要見你們。」那年長女僕這麼說。

「他知道我們在這裡……」狄念祖心中更驚，心想倘若袁唯早已知道他們潛入海洋公園，那麼這些天來袁唯不動聲色，必定想在明日將他們一網打盡，甚至沉眠地底的袁安平也是個誘餌。

狄念祖想到這裡，又覺得不對，倘若袁唯早已得知他們明日計畫，只要等明日收網即可，何必在此時打草驚蛇？

他正思索之際，見那年長女僕雙手伸進口袋，取出兩柄有如鉛筆粗細的金屬長管，長管前端有著尖銳針頭，他立時警戒地擺出防禦架勢。他甩了甩手臂，正要展開拳槍，但又想到四周或許有監視設備，如果動作太大，或是露出醒目拳槍胳臂，或許會引起監控室裡的人員注意。

就在他猶豫不決之際，身後的月光突然驚呼一聲，他回頭，只見那年幼女僕已經竄到了月光眼前，雙手揚起，也是一對針管。

月光甩動提在手上的零食包裝往年幼女僕臉上砸，對方矮身閃過，挺著針管往月光腰間扎去，卻被月光抓住了手腕，扭摔在地上。

年幼女僕摔在地上，一聲不吭，在地上滾了半圈蹦彈開老遠，她的右手腕讓月光扭得脫了臼。

而月光的大腿上，則插著一只針管。

那金屬針管上還閃爍著微微警示燈，月光立時拔出針管，扔在地上。

「哎喲！」狄念祖怪叫一聲，低頭一看，大腿上也給射中一記針管，他立時感到大腿瞬間發麻，知道那針管裡必定裝著強力麻醉藥劑。他將注意力放回前方，但前方空無一人，他呆了呆，右側一個身影閃起，肩頭刺痛，又中了一針，是那年長女僕。

「哼！」狄念祖猛地揮拳，但那年長女僕速度和月光相若，一擊得逞便退開了老遠。

「妳們……妳們究竟想幹嘛？」狄念祖霎時感到插著針管的右腿和右臂逐漸麻痺，像是給斬去了一般，他搖晃幾步，單膝跪倒在地。

後頭，月光插針的腿也逐漸動彈不得，她回頭看了狄念祖一眼，不知該如何是好。

兩名女僕再次伸手進口袋裡，掏出時手上又是一對針管。

狄念祖握緊拳頭，讓關節上膛，只盼那年長女僕輕敵逼近，便重重賞她一拳，但只見那年長女僕手一甩，自己另一腿也插了這針筒，那女僕臉孔和月光像是同個模子造出來的，但性情和行事卻比月光沉穩許多，更接近聖美一些。

「上。」兩名女僕見月光和狄念祖都幾乎失去了行動力，眼神交會，一擁而上，持著針管接連在狄念祖和月光身上再補上幾針，這才將動彈不得的兩人揹起，飛快離去。

十餘分鐘後，狄念祖和月光被帶到了那豪華別墅區後方一棟約莫三層樓高、新建成的超高級豪宅裡。

經過了華美的玄關、長廊，兩人被女僕提上二樓，帶入一間寬敞的起居室中。

大堂哥袁正男本來慵懶地倚在高級沙發上，喝著端坐在他身邊另一名女僕遞來的紅酒，一見狄念祖和月光被提了進來，先是一呆，強睜著醉眼瞪視兩人半晌，皺著眉頭問那兩名女僕：「這兩人……」

「王子，我們猜測這兩人就是你要的那兩人。」年長女僕指了指月光。「至少，我們確定她就是你口中的蘇菲亞。」

「蘇菲亞、狄念祖！」大堂哥聽見了「蘇菲亞」三個字，像是餓狗嗅著肥雞般倏然站起，踉蹌地繞過廳桌，來到兩人面前，一巴掌打落狄念祖的眼鏡，再一把摘下月光的帽子，哈哈大笑起來：「你們還眞的來啦！」

大堂哥雙眼充滿血絲，瞪著癱跪在地上的狄念祖，又恨又笑地說：「我沒猜錯，你這蟑螂打也打不死、甩也甩不掉，這麼重要的場合，你一定會來搗亂，嘿嘿……嘿嘿……還變裝呀，好樣的，扮成姦夫淫婦是吧！」

「……」狄念祖不知如何回應，但也從大堂哥口中聽出自己和月光受擒，全是大堂哥的意思，和袁唯無關，這麼想來他們整個計畫或許尚未曝光。

「告訴我，你混進來有什麼企圖，你們……你們有什麼計畫？」大堂哥推了狄念祖一把，見他身子軟綿綿地一推就倒，立時揮手指示女僕。「把他們拉到椅子上，我有話問他們。」

兩位女僕立時將狄念祖和月光拉至側邊一處沙發上並排坐著，動彈不得的狄念祖和月光相視一眼，無計可施。

「哼……哼哼！」大堂哥瞥見狄念祖和月光的互動，先是露出妒恨的神情，跟著仰頭大笑：「狄念祖，我跟你無瓜無葛了，這失敗品，你要就給你了。我有更多更好的，你看！」

大堂哥癱回原本的長沙發中，一把摟著原本服侍他的女僕。

狄念祖只見那女僕不管容貌、年歲就和月光一模一樣，穿著一身高級居家服飾，儼然是這個家的女主人。

大堂哥打了個酒嗝，左右嚷了嚷：「來來來，大家先別忙，全都過來，讓這蠢蛋開開眼界。」

只聽四周立時傳來腳步聲，更多女僕聚了過來，狄念祖左右轉了轉頭，只見四周又有四名女僕湊了上來，連同原本三名女僕將大堂哥簇擁在沙發中央，像是妃子伺候皇帝那般斟酒的斟酒、餵食的餵食、捏腿的捏腿。

「咦？」狄念祖看傻了眼，只見其中一名女僕彷如聖美的分身，另外三名女僕，則分別像是三名時下知名女星；他登時醒悟，這些女僕大概是袁燁打賞給大堂哥的，至於長相與月光、聖美相似的女僕，或許是袁燁吩咐手下研究員按照大堂哥的喜好量身打造的女僕。狄念祖一想至此，打量了那仿月光的年長女僕幾眼，推測她年紀大約等同二十出頭的人類女性，再看了看另兩個仿月光女僕，姿態像是女主人的女僕年紀與月光相近，約莫十七、八歲，另外那年幼的女僕，看起來則僅約十三、四歲。

狄念祖不禁感到有些噁心，對於此時大堂哥的心理狀態全然不敢苟同，忍不住低聲喃喃幾句。

「你說什麼！」大堂哥聽狄念祖嘟嘟囔囔，瞪大眼睛問。

「我說，你漏了些人……」狄念祖應著。

「漏了誰？」大堂哥問。

「你老婆斐霏啊。」狄念祖說：「或許還可以考慮加個斐姊或是溫妮……」

「不要提起她！」大堂哥暴怒地將酒杯擲向狄念祖，倏然站起，搖晃奔到狄念祖面前，揪著他的領子磅磅磅地賞了他臉面幾拳。

「對不起我胡說八道……」狄念祖吸著淌下的鼻血，只覺得大堂哥這幾記拳頭便與一般人無異，他體內的海怪基因似乎被抑制住了，或許是因爲這樣，袁唯才放心讓他待在海洋公園中。

狄念祖一想至此，又見大堂哥這般鬱鬱不得志的神情和頹廢舉止，心想他此時的處境顯然並未被當成座上嘉賓或是得力重臣，更像是遭到了軟禁，或許袁唯認爲他身上的海怪基因値得研究；這幾名女僕，大概是臭味相投的袁燁看在堂兄弟的份上打賞他的。

「你最好快點告訴我，你們混進來的目的究竟是什麼？」大堂哥惡狠狠地掐著狄念祖的喉嚨。

此時他的腕力根本掐不死狄念祖，但狄念祖順他的意，示弱地唉呀幾聲說：「我們當然是來鬧事的……總不會是來看魚的吧……」

「鬧事？你們怎麼鬧事？你們有什麼本領鬧事？」大堂哥見狄念祖欲言又止，氣呼呼地向後頭招了招手，又討來一杯紅酒，喝去一大口，說：「你最好一五一十地告訴我。」

「……」狄念祖見大堂哥此時神情，焦躁、猶豫之中又帶著幾分盼望，他想起在第五研究部時，曾經透過監視系統瞧過他數次與吉米商討究竟要投靠袁唯抑或是全力迎戰時，便是這副德性。

「幹嘛？你想投靠我們嗎？我十分歡迎啊。」狄念祖嘿嘿笑著說。

「你們有多少人？計畫是什麼？快說啊——」大堂哥喝問。

「這怎麼行……」狄念祖知道大堂哥這麼問，顯然是想要知道自己這「搗亂計畫」究竟可不可行，再考慮是否參與，或者是趁亂逃亡，便故意釣他胃口，說：「我要是把計畫告訴你，你向袁唯告狀，那我的計畫豈不是落空了嗎？」

「你不說，我一樣可以將你交給袁唯……」大堂哥抓著頭，焦躁不耐地重搥他胸口一拳。

「那你將我交給袁唯好囉。」狄念祖呼了口氣說：「只不過你可別以爲那樣就能改變你現在的處境，說不定情況會更糟。」

「什麼處境？我的處境哪裡糟了！」大堂哥像是被狄念祖踩中了痛腳，氣憤地又搥他兩拳，揚起手，吼著：「你看，我有這麼多寶貝，比你那失敗品更好、更完美、更聽話，過來，全過來，跪下、跪下，讓這蠢蛋看看什麼才叫極品！」

七名女僕立時恭恭敬敬地跪成了一排。

「看見沒、看見沒，我的處境糟，那你的處境又如何？你現在……是、我、的、俘、虜、啊！」大堂哥吼至後來，每喊一字，便在狄念祖臉上或是胸口掄上一拳，但他體內的海怪基因受到抑制，此時除了一記打在狄念祖鼻子上那拳，讓狄念祖淌下鼻血、刺癢疼痛之外，其他打在胸膛小腹的拳頭，便像是在替他搥背按摩般，不但不痛，甚至有幾分舒適。

「你把我交給他，那就輪到我告狀啦！」狄念祖扭動鼻子，紓緩痠疼，說：「我會把你在第五研究部整天跟吉米密謀反抗他的事全說出來，嘿嘿，我還要加油添醋一番——」

大堂哥聽見「吉米」兩個字，陡然一驚，身子不由自主地發起抖來，發了好半晌呆，就連酒意都退了幾分，氣惱地說：「你說什麼他便要信嗎？要不是我使計絆住斐姊，袁唯要打下第五研究部，恐怕沒那麼容易，我是有恩於他！」

「有恩於他？哈哈。」狄念祖說：「你自己想想，袁唯像是一個知恩圖報的人嗎？」

大堂哥聽狄念祖這麼說，神情黯然、默不作聲，顯然他並不反對狄念祖對袁唯的評語。

「袁唯軟禁你，對吧。」狄念祖見大堂哥態度軟化，便打蛇隨棍上，繼續說：「袁唯害死你父親，你心裡並不想屈就在袁唯手下。但斐姊和斐霏的事情已經傳遍各地，溫妮和斐家兄弟不惜一切代價要將你生吞活剝。你走投無路，只好投靠袁唯。你以爲袁唯會看在你在第五研究部裡立下的功勞、加上『袁家兄弟』這層關係，安插一個體面的職務給你，讓你繼續在聖泉集團裡風光。但想不到那人是個徹頭徹尾的瘋子，根本不把你放在眼裡，他只讓你借住在他的度假村裡，再讓弟弟袁燁賞你一批女僕，讓你成天醉生夢死，你心底不滿意，卻也莫可奈何，對吧？」

「你……你……」大堂哥被狄念祖說中了自身處境，臉色鐵青，酒意更退去三分，他儘管厭惡狄念祖說話口氣，但此時便連毆打狄念祖出氣的興致也沒了。他默默癱坐回沙發，見到前頭跪成一排的女僕，突然感到心煩氣躁，揮了揮手，說：「通通起來，真難看，回去做自己的事——」

大堂哥說到這裡，頓了頓，打量了月光和狄念祖幾眼，見他們依舊動彈不得，但他知道狄念祖多詐，便仍吩咐兩名女僕守在沙發兩側。他發了半晌呆，自己倒了杯酒，一口喝盡，瞥了狄念祖幾眼，說：「你以爲你能言善道，你不看看自己又是什麼樣子？我現在沒權沒勢、醉生夢死，那又怎樣？你看看外頭那些大人物，哪個不是名流權貴，現在呢，哈哈哈。袁唯想當神，就讓他當啊，我不介意，我從沒想過要和他爭高下，我現在過的生活，已經比世界上絕大多數人舒服，這就夠啦！」

「就怕好日子比你想像中短暫得多。」狄念祖嘿嘿地說：「你以爲袁唯那麼好心供你吃、供你住、供你女人玩？你以爲現在的你沒了利用價值，所以不再受到袁唯重視，才落得現在這樣子，但我告訴你，其實你還有一個重要的利用價值——」

狄念祖見大堂哥目不轉睛地瞪著他，便刻意加重語氣：「你還可以當誘餌，用來釣溫妮。」

大堂哥身子一顫，杯中紅酒都灑了出來，臉色難看得像是死了一樣，緩緩放下酒杯，站起身來走到窗邊，揭開窗簾望向遠方。

「你在猶豫到底是該要把我交出去，換取袁唯對你的好感，改善你的處境，還是參與我們的行動，逃出袁唯的掌控，甚至一舉擊敗袁唯、奪回大權，對吧？」狄念祖知道大堂哥三心二意、優柔寡斷，若是說詞含糊曖昧，只會讓他更加焦慮混亂，索性便開門見山地說：「你恨透袁唯，巴不得他死，但你認爲我們的力量微薄，動搖不了他的地位，對吧？」

「所以我要知道你們到底有多少人，有什麼計畫？」大堂哥轉頭，恨恨地瞪著狄念祖。

「我們的人比你想像中多、計畫比你想像中厲害，我們擁有能夠擊敗袁唯的祕密武器。」狄念祖答：「現在對你最有利的做法，就是放我們走，你可以繼續窩在這裡當大王，也可以等明天趁亂帶著寶貝老婆們離開這裡，找個安全的地方稱王。」

「……」大堂哥低著頭、眉心緊蹙，像是在認眞思索狄念祖的建議；好半晌，他才轉頭，望著狄念祖說：「如果我說……我或許能夠幫上點忙，你願意將你們的計畫告訴我嗎？不論我要離開，還是跟袁唯攤牌，我都得搞清楚狀況……」

「你要幫忙？」狄念祖咦了一聲，說：「別怪我說話直接，袁唯奪去了你的力量，對吧？」

「是這個。」大堂哥捲起袖子，他的臂彎處有些不明顯的針孔。「研究人員每天會上門替我注射藥物，那是能夠抑制海怪基因力量的藥劑，藥效過了，我的力量就會回復。況且，我還有這批女僕，她們和蘇菲亞來自同一批生產線，她們能耐如何，你很清楚。」

大堂哥說到這裡，隨手指了指沙發旁的兩名女僕。狄念祖瞥了她們一眼，知道大堂哥這七名女僕可都是提婆級兵器，每個都擁有和月光相近的身手，若是有這批生力軍幫助，那麼對於明天的戰局可有極大的幫助。

「……」狄念祖思索半晌，終於開口。「你這裡地勢高，應該看得到『銀色海岸』吧。」

「銀色海岸？我知道。」大堂哥點點頭，「銀色海岸」是聖泉海洋公園裡一處美麗的海水浴場，海岸上的砂經過特殊處理，在白天時看起來是銀白色，入夜之後，則會散發數小時的微微螢光。

「那片海灘距離袁唯的神殿『袁氏博物館』，只有兩公里不到。袁氏博物館上層幾樓是神之音總部，是袁唯向全世界下令的地方，他的神之音親信全在裡頭，而在底下則有通往海洋公園地底實驗室的暗道，地底實驗室裡藏有袁唯梵天、毗濕奴基因的資料。」狄念祖緩緩地說：「明天我們和溫妮的聯合主力部隊會從那邊上岸——」

「什麼？」大堂哥先是一愣，然後說：「但袁唯明天並不在那兒，現在所有人都知道第五研究部要圍攻袁唯，他們的艦隊這幾天陸續集結，往海洋公園開來，我以為明天最好的戰術，是趁著袁唯現身時集中火力朝他發射飛彈。」

「那些艦隊只是聲東擊西。」狄念祖搖搖頭說：「溫妮雖然透過各種方式向一些本來與第五研究部關係密切的國家施壓，集結了一批艦隊，但那批艦隊搭載的火力跟人員，其實沒有表面上充足，一來是因為那些國家經過這段時間與白日羅剎的殺戮動亂，早已自顧不暇，且現在袁唯的勢力明顯佔了上風，各國都不想得罪袁唯，溫妮那批艦隊只是紙老虎，我們甚至認為那批艦隊根本衝不破聖泉的天使阿修羅軍團。」

「所以我們根本沒有一口氣殲滅袁唯的打算，我們真正的目的，是袁唯的神殿——

袁氏博物館。溫妮從一些擄來神之音成員口中打探到許多情報，袁氏博物館前的廣場在上一次動亂過後，進行過大規模改造，底下整個挖空成大型倉庫，裡頭駐守著幾隻破壞神級兵器，這幾隻破壞神級兵器直接負責守護袁氏博物館的安全，但袁唯為了壯大明天的聲勢，下令將破壞神從其他通道運出，準備讓他們在明日安全區域上的殺戮日活動登場；現在袁氏博物館底下守備空虛，我們的主力會趁著袁唯在安全區域外大戰奈落大軍時，一面以那空殼艦隊引起袁唯注意，埋伏在深海的主力水軍便快速登岸、長驅直入到博物館外的廣場，接著兵分二路，一路往上打進袁氏博物館，侵入神之音部門，綁架神之音核心人士；一路攻進地下實驗室，劫出袁正男和實驗室裡梵天、毗濕奴基因等重要資料，只要我們搶回袁正男，袁唯就不足為懼了。」

狄念祖一口氣說到這兒，頓了頓，說：「至於我，負責串連這兩三天陸續潛入海洋公園的夥伴，在主力登岸時四處製造動亂、掩護開路，拖住那些企圖攔路的守軍，如果你想趁亂逃跑，我建議你立刻放我們離開，快點和你的大小老婆們研究逃亡路線，這地方剛好夾在銀色海岸和袁氏博物館之間，又是制高點，可以看遍整座海洋公園，到時溫妮登岸，陸空兩路同時推進，很有可能派出飛空阿修羅先拿下這裡，如果你拖到那時才做決定，很可能真要和她敘舊囉。」

「……」大堂哥沉默半晌，仍似猶豫不決，焦慮地以手抓頭，不時灌個兩口酒，不知是爲了壯膽，還是意欲逃避。

狄念祖不再催促，他知道大堂哥若是無法眞正下定決心，即便放他離去，或許也會反悔告密，反而誤事。

CH10 盛大開幕

「原來他們的目標是大哥呀……」

袁燁斜斜地倚在一張躺椅上，一手捏著手工捲菸、一手端著酒杯，望著前方女侍端著的銀盤上那只擴音設備。

裡頭偶爾傳出大堂哥焦躁的喝令聲、女僕的答話聲——

「快快快！將值錢的東西全整理妥當，能帶走的全帶走……地圖，我需要地圖，狄念祖，你說你把這裡都摸透了，你給我畫張地圖出來！」

「嘿，這懦夫終於要做出決定了嗎？」袁燁鼓起嘴，呼出一股濃濃的煙霧，像是十分陶醉那特製捲菸帶給他的感受。他搖搖晃晃地站起身，將杯中紅酒一口飲盡，放在另一名女僕端著的銀盤上，那女僕立時替酒杯再斟了杯酒。

袁燁捏著捲菸那手的胳臂彎上，還插著幾條點滴管線，管線連接在角落一處精密儀器上。

三名樣貌絕美的女僕，安靜地佇在袁燁躺椅後頭，不時盯著那精密儀器上的數值變化，偶爾趨前調整儀器，或是替袁燁斟酒點菸。

「老闆，要不要……」一個沙啞的聲音自袁燁腳邊響起。「要不要通知神之音？」

「通知神之音？」袁燁咦了一聲，瞇著眼睛，睨視著蜷伏在他腳邊那隻人不像人、狗不像狗的東西。「為什麼要通知神之音？」

「老闆……」那傢伙抬起頭，瞇著一雙眼睛，咧著嘴巴諂媚笑著，一條紫灰色大舌頭斜斜地掛在嘴邊——

這傢伙，是吉米。

此時吉米除了頸子上佩掛的項圈，以及耳朵上幾枚滑稽耳環外，並未穿著任何衣服，他的體膚生滿了濃密的灰白色短毛、四肢骨骼構造變得更接近獸類而非人類、兩腿之間像是被閹割過般平整。

吉米像隻大狗伏在袁燁座椅邊，臀部上還生出一簇短短的尾巴，搖個不停。

「袁唯老闆離開時，曾經說過，不管任何事，都可以吩咐神之音去辦……」吉米淌著舌頭、喘著大氣這麼說。他在第五研究本部一戰時落在狄念祖手中，成為俘虜，隨著眾人一路躲避麥老大的追擊，最後在電梯中被糨糊塞進電梯上方的破口中，那時他早已暈絕。

大戰結束後，吉米被四處搜查的夜叉發現，夜叉將他送往醫療部門救治，因而保全了一條性命。

接受過緊急救治的吉米，在昏睡中被研究員以電擊設備喚醒，他睜開雙眼，見到前方的液晶螢幕上映著袁唯的臉，嚇得幾乎又要暈去，但他的求生本能支持著他耗盡全力、忍著四肢斷骨劇痛、含著眼淚、漲紅著臉，從床上掙扎撐起，改成跪姿，對著液晶螢幕中的袁唯恭恭敬敬地磕了幾個頭，喃喃地說：「袁老闆，我終於又回到您的跟前了……」

「袁老闆？」袁唯淡淡笑著，問：「吉米，你有那麼多個袁老闆，你現在喊的袁老闆，是哪個袁老闆？」

「袁、袁老闆，我可沒有背叛您，我一直對您忠心耿耿！我……我一直試圖說服袁正男向您投降呀！」吉米被袁唯冷淡的笑容嚇得幾乎要尿了一床，他汗濕了整張背，顫抖地說：「我……我每日每夜都想著要除去斐姊，每日每夜……都想著要回到您的身邊伺候您呀！」

「吉米呀——」袁唯淡淡地說：「雖然我不欣賞你的行事作風，但我確實肯定你的行動力，你替老闆辦事很有一套，但——現在你的身體裡，還留著斐家的髒東西，你應該知道吧。」

「是、是是……」吉米連連磕頭、冷汗直流。落難第五研究部時，斐姊一來想給好女色的吉米一點懲戒、二來爲了防止吉米伺機作亂，命人在他的身體移植了幾枚寄生器官。

吉米必須按時服用藥劑來抑制那些寄生器官，否則便會逐漸變成怪物，最終心神尚失、自殘而死。「都是那斐姊、都是斐姊！」吉米哭號哀求：「袁唯老闆、袁唯老闆，求您救救我，斐姊在我身體裡動了手腳，我……我……」

「你應該知道，我很難接受，在我的樂園裡，存在這種不潔的怪物，我是神，我的樂園應該崇高而偉大，我的手下應該英勇而美麗，不過……」袁唯說：「我願意給你一個機會，但不曉得你意下如何——」

「請給我機會、請給我機會！」吉米大力磕頭：「能回到袁唯老闆身邊、替袁唯老闆辦事，這是我的榮幸、是莫大的榮幸呀！」

「是這樣的。」袁唯露出了憂愁哀傷的神情，緩緩地說：「阿熚最近，情緒十分低落，他看著我的眼神，像是看著陌生人，他無法調適自己的心情，他不相信我這麼做，是為了我們一家。他病了，他沉迷在毒和酒中，他害怕我、他不信任我，為此，我很難過……你曾經替他工作、你明白他的喜好，我希望你替我陪伴在他身邊，看照著他、保護著他，等大局抵定、一家團聚，我相信阿燁會認同我，不只是阿燁，到那時候，大哥、爸爸，大家都會認同我的——」

袁唯說到這裡，抬起手拭了拭眼角的淚光，神情轉而平靜，說：「吉米，我會交代研究員，清除你體內的髒東西，再賦予你一些，適合擔任這個任務的能力。這是，我給你的機會。你辦好了，我允許你進入我的樂園；你失敗了，死。現在，告訴我你的決定。」

「願意、願意！」吉米誠懇地磕頭，力道大到整張病床都為之震動。「袁唯老闆您放心，不論是任何任務，吉米赴湯蹈火、在所不辭！」

十數個小時後，袁唯旗下第三研究部清除了吉米體內的寄生器官。

且確實賦予了吉米額外的能力——

將他改造成一條狗。

由於吉米那不入流的行事風格，與袁唯心中那崇高神話世界裡的睿智、英偉的將才們可相差了十萬八千里，但袁唯倒也肯定吉米的行動力。

當不成重臣大將，當條忠心的狗，吉米十分堪用了。

清醒後的吉米，儘管對於自己的模樣和命運並不如想像中那般美好而感到有些失落，但他很快地認清了事實，並且接受和執行。他被交派到袁燁的部門，負責伺候袁燁。

自從創世計畫之後，袁燁失去了以往明星般的風采，變得焦慮而不安、不敢觀看電視、不敢直視袁唯的雙眼，他自袁氏博物館裡的袁家附設豪宅搬進了他在海洋公園裡私自開闢建成的地下競技場中，身邊僅帶著一批忠心女僕和親近的舊屬。

在最初幾天，袁燁雖然對袁唯在某次晚宴上牽到他面前，親手交給他的吉米有些疑慮，但吉米終究是袁燁熟悉的少數舊屬，擅於奉承，在某些方面又與袁燁臭味相投，漸漸獲得袁燁的信任，從趴在門口轉變到趴在腳邊。

「神之音那群傢伙不是瘋子就是騙子，二哥就是因爲成天跟他們混在一塊，才會變成現在這樣神經兮兮——」袁燁憤然起身，將手中酒杯重重擲在牆上，砸得碎裂。

一名女僕立時持著清掃工具，快速將玻璃碎屑清理乾淨。

袁燁恨恨地起身，在房中踱步，這間房比起袁氏博物館高樓那些專屬豪宅可要窄小太多，這兒是海洋公園地下競技場裡的其中一處辦公空間，僅有數坪大小，爲袁燁平時的起居室。

「不如……這樣好了，袁燁老闆，如果您不想知會神之音，不如讓我們替您收拾狄念祖那幫人……」吉米恭恭敬敬地說：「無論如何，也不能讓狄念祖那臭小子那幫人破壞袁唯老闆的盛大計畫，不是嗎……」

「憑你們，行嗎？」袁燁回頭，瞪著吉米。「那些傢伙現在潛伏在海洋公園各處，你們找得到嗎？」

「行行行，我認得他們的樣子、認得他們的氣味。我會帶著威坎、大和，把他們碎屍萬段，嚎吼……嚎……」吉米說到這裡，瘋狂地吼叫了兩聲。

「嗯……」袁燁抽著捲菸，閉上眼睛，靜默了好半晌，突然開口：「吉米，我就用你那批人，這些天下來，應該也培養得差不多了。立刻將他們帶到場子裡，我要見他們。」

「是！」吉米應聲，立時轉身奔出這起居室。此時他便連走路奔跑，都是四足著地，且身手俐落得如同一頭豹子。

約莫二十來分鐘後，吉米領著十來個傢伙，井然有序地來到地下競技場那寬闊舞台中央——

那群傢伙之中最醒目的傢伙，是壯碩無匹的半人馬大和；一旁跟著的是傴僂老者威坎；然後是一頭白髮的四手少年古奇；身形對稱怪異的左哥和右哥；以及十餘名三號禁區成員。

這批三號禁區成員在第五研究本部大戰後降於袁唯，遭到軟禁看管，本來預計被送往奈落作爲反派大軍，在聖戰時充充場面；但不久之前，袁熗悶悶不樂，向吉米抱怨這本屬於他的海洋公園，被二哥袁唯借來當布道聖地，附屬研究室全在趕工袁唯聖戰登場的兵馬，沒空替他研發競技生物，吉米便提議召來這批三號禁區叛軍，看是要讓他們互鬥爭強，還是作爲私人衛隊都行——這是當初吉米快速與大堂哥熟絡的招數。

袁熗知道三號禁區的過往盛名，也知道第五研究部挑撥三號禁區窩裡反的經過，曉得這批傢伙的厲害，他對神之音入主自己的樂園之後權勢愈加壯大感到不安，心想吉米和這批三號成員相熟，便欣然接收這些傢伙，再透過旗下「女僕部門」的洗腦科技，將這些三號禁區的成員「教育」了一段時間。

此時威坎、大和等三號禁區成員，雖未像向城、強邦那般心神喪失，但對於袁燁的服從性可是大幅度增長，袁燁對他們而言，便像是效忠了多年的主子一般。

「老闆，我們現在就可以出發，活逮狄念祖、活逮袁正男。」吉米的神情看來興奮不已，他在袁唯授意下的改造工程裡，被割除了生殖器，再也無法從事以往最愛的娛樂活動。此時三分像人七分像狗的他，似乎更樂於替主人出任務，就像隻等待出門散步的家犬一般，而他扣除了色慾之後的那份殘虐習性，倒是一分未減。「我們會將這些傢伙一個個抓到老闆面前，讓老闆扒他們的皮、割他們的肉，然後、然後……嘿嘿……」

「誰要你這麼做了？」袁燁喝盡紅酒、拋下捲菸，睜大眼睛瞪著吉米，環顧眾人，嚴肅地說：「接下來我說的每一句話、每一個字，你們通通給我聽好了——」

□

「田姊，妳看——」

六號飼育場地下辦公倉房中，一名人員指著角落大大小小的螢幕陣裡一面螢幕當中的分割畫面——

畫面上是進行了一整夜的祈福大會的寬闊廣場，廣場上還聚集著上千人，聳立在廣場上的數面巨型螢幕牆，紛紛切換至同一個畫面——

日出。

此時清晨五點零三分，倉房內眾人大都換上了潛水衣，腰間也掛著深海神宮的呼吸口罩。

廣場外頭，零零星星的遊客開始往廣場內聚集，他們大都參與了昨夜的盛大祈福晚會，有些較早離開、有些接近清晨才返回外頭的安全區域，更有些徹夜未歸。

隨著時間逐漸接近奈落大軍發動總攻擊的時刻，那些返回安全區域裡休息的居民，又紛紛往廣場聚集當中。

嘩——

人們驚恐的呼聲此起彼落，他們都見到了突然出現在巨型螢幕牆上的畫面——

奈落大軍。

「大家冷靜，現在他們距離安全區域還有好幾公里遠——」廣場上的神之音人員，透過播音設備，安撫著廣場上的居民。「聖泉的夜叉團和各層級護衛軍團早已經準備萬全，我們不會讓敵人越過雷池一步，只要所有人團結一心，爲聖泉祈禱、爲眾人祈禱、向神祈禱，希望，奇蹟終將降臨——」

「奇蹟，終將降臨！」那持著麥克風的神之音人員，跪在廣場中央架起的華麗舞台上，用沙啞的嗓音，哽咽地長喊：「神，即將救贖我們——」

嘩——

廣場上的居民又是一陣喊聲，他們紛紛舉起雙手，擺出神之音人員教導他們的專屬手勢，對準了天空，誠心祈禱起來。

「哼哼。」莫莉冷笑幾聲，用手撐著下頷，吃著包裝食物。「袁唯就這麼喜歡這套玩意兒？他把世界弄成這副模樣，把聖泉的資源拿來搞這場戲，這東西眞這麼好玩？」

「人各有好嘛。」林勝舟打了個哈哈，捧著一袋食物四處分發，一邊說：「誰教他幸運，得到了這種力量，如果是妳擁有這種力量，妳會怎麼玩？」

「我怎麼玩？」莫莉大聲抗議：「我會成立一個專屬軍團，活逮那些政府抓不到的壞人、抓到了卻縱放的壞人、沒有縱放卻輕判的壞人、貪污的狗官政客跟壓榨百姓的奸商財團，用我的方式一個個懲戒到他們下輩子都會後悔這輩子幹過的事！這就是我的玩法，你呢？老林！」

「我啊。」林勝舟哈哈一笑，說：「我要是那樣有錢有勢，我好好享受人生就好囉，買下以前買不起的房、開以前買不起的車，抱歉啊莫莉，我沒有那麼雄心壯志，不過我有那樣的資源，我很樂意贊助妳的理想，呵呵，有那麼一天的話，妳來找我，我絕不會拒絕妳。」

「呿，靠你不如靠我自己！」莫莉吃光了手中的食物，又從林勝舟手中搶過一袋食物，希里呼嚕大嚥起來，她個頭嬌小，食量倒是頗大。

「念祖那邊怎麼樣？」林勝舟來到田綾香身旁，遞給她一份食物。

「袁正男情緒很平靜，他們還在等。」田綾香這麼說，似乎沒有進食的打算。

數小時前，他們本來開始討論起久未歸來的狄念祖和月光，有些人開始擔憂，生怕他們出了意外、有些人倒也樂觀，說狄念祖或許將月光帶到了安靜的地方，兩人正卿卿我我。

就在樂觀派那票人逐漸隨著時間流逝紛紛改變想法時，他們總算接到了狄念祖的電話。

眾人得知坐擁一票提婆級別女僕的大堂哥竟身處海洋公園還挾持了狄念祖，卻又被他說動，準備一同趁亂造反，不僅驚訝而且憂喜交雜。喜的是月光身手眾人皆知，一整隊同級女僕化敵為友，那確是一大助力；憂的是大堂哥和斐家有著無法化解的惡仇，溫妮若是得悉大堂哥的下落，必定不會按照規劃方案行動，肯定要不計一切代價追殺到底了。

本來亟欲帶著月光離開那兒的狄念祖，見到大堂哥心意已決，認真規劃起逃亡計畫，便也大膽地留在原處安撫他的情緒，甚至提出種種建言，增加他的信心，以免優柔寡斷的大堂哥見自己離去，心生猶豫，壞了大局。

在下半夜時，大堂哥在眾女僕的護衛下，沉沉醉睡。恢復行動力的狄念祖和月光則擠在一塊兒，和眾女僕大眼瞪著小眼，這麼一來一往，天也漸漸亮了。

「看吶——那是聖泉的天使軍團！」神之音人員的嘶吼聲充滿著激情。

五點四十分時，廣場上已經聚集了超過萬人。安全區域裡超過九成五的居民，大都退入海洋公園，一來避免身陷前線戰局，二來這些日子以來，那些居民已從原本的信仰，或是沒有信仰，變成了信仰神之音和袁唯；又或者說，在這樣的情勢之下，來到廣場上，和眾人一同祈禱，是他們唯一能夠做的事了。

在眾人的祈禱之下，一批天使阿修羅和鳥人組成第一隊空軍，浩浩蕩蕩地自安全區域外的營區升空，前進。

數架搭載著攝影器材的武裝直升機隨著那批空軍一同前進，廣場上的巨型螢幕牆上也出現了那些直升機即時回傳的空拍畫面。

同一時刻，聖泉地面部隊也兵分四路出動，四支地面部隊分別由近二十隻破壞神級別的巨型兵器帶領，搭配著阿修羅、提婆、夜叉等兵力，往數公里外逼近的奈落大軍前進。

廣場上的民眾驚呼了起來，他們從螢幕牆上見到直升機所拍攝的前方也出現了密密麻麻的飛空怪物，他們對那些東西並不陌生——白日羅刹。

雙方距離約莫兩公里，雙方極速接近中，下一刻，聖泉空軍帶頭的六隻天使阿修羅紛紛拔出腰間懸著的佩劍，加快飛空速度，衝鋒似地殺入敵陣中。

六隻阿修羅三十六隻手握三十六把劍，旋風般地凶猛斬殺起來。

遠遠望去，奈落飛空部隊猶如一面深色布幔，六隻雪白天使阿修羅在那布幔上切割出六道裂口，絲絲點點的異色碎物自那六道裂口處如雨如塵地往下灑落，那是白日羅剎們的屍塊和血。

「看——那就是神聖的力量！」神之音人員聲嘶力竭。

「嘩——」廣場上的居民情緒高亢起來，興奮超越了恐懼，他們的特殊手勢比得更加用力、祈禱嘶喊吼得更加響亮。

雙方地面部隊的距離只剩下數百公尺，奈落大軍一方也有著許多十數公尺高的龐然大物，居中兩個傢伙，一個近兩層樓高，渾身漆黑濃毛，樣貌像是巨型猩猩，一手挽著巨岩、一手拖著粗木；另一個傢伙略矮些，頭頂生出兩隻犄角，拖著一雙巨斧。

他們是曾經在第五研究本部攻防戰中出現過的奈落古魔孫行者和蚩尤。

迎接他們的，是聖泉方四路地面部隊的第二隊，帶頭的三名破壞神級兵器，是超過三層樓高的巨大人形士兵，扮像不中不西，身上穿戴著特製甲冑，手上扛著華麗大劍。

雙方破壞神相距百公尺時，底下的夜叉團與奈落軍便已短兵相接，交戰之處激起一片塵土血花，聖泉的夜叉斬殺著奈落怪物、奈落怪物啃噬著聖泉夜叉，聖泉一方除了夜叉，還有提婆、阿修羅，奈落那方，也有著相近級別的怪物惡獸。

數架直升機在鳥人護衛下開始進行低空拍攝，廣場上的巨型螢幕牆，立時播放出一幕幕夜叉斬開奈落怪物腦袋，或是奈落怪物剖開夜叉胸膛的畫面。

廣場上，大人遮住了小孩的眼睛、男人遮住了女人的眼睛、有些人自己摀住了眼睛，祈禱聲、哭聲、加油聲響徹了雲霄。

「別急，不是現在！」田綾香揚起手，指著身旁一名年紀較輕的寧靜基地成員，眼睛仍直盯著電視機上的直播畫面。

那年輕成員一看雙方地面部隊開始交戰，急忙地便想要開始行動，不小心將身邊桌上一只茶杯撞落在地，讓田綾香一喝，這才回神。

「大家沉住氣，我們得按照計畫行動。」林勝舟這麼說，同時對著埋伏在海洋公園各處的行動小組下令：「後援一隊，準備接應傑克；後援二隊，準備開路，掩護一隊，直到與狄念祖會合；後援三隊，準備接應狄念祖；後援四隊，準備開路，掩護三隊。」

「突擊一隊、二隊、三隊、四隊，不要輕舉妄動，收到命令再行動。」林勝舟接連吩咐，跟著轉頭，詢問另外幾名人員：「溫妮那邊傳來消息沒？」

「斐家艦隊暫時沒有動作，他們還在等袁唯現身。」幾名人員立時回應。

□

「你現在怎樣？」狄念祖望著自浴室步出的大堂哥。

大堂哥臉色蒼白，他在酒醒之後洗了個澡，來到沙發前坐下，也沒理會狄念祖的詢問，自顧自地盯著電視。一旁牆邊，還堆放著七名女僕備妥的行李，女僕們則依照大堂哥昨夜吩咐，整裝齊備，靜默分立在門邊，等待進一步命令，她們身上都攜帶著麻醉針劑和能夠當作武器使用的廚用刀刃或各式銳物。

狄念祖見大堂哥不回答，便不多問，只是默默地張手握拳。經過了一夜，他與月光身上的麻醉效力已經完全退去。

「你覺得你們有勝算？」大堂哥盯著電視，並不正視狄念祖。

「或許沒有。」狄念祖冷笑兩聲，聳聳肩。「我們只能盡人事。」

「盡人事有用嗎？」

「或許沒用，但比起束手就擒，我願意盡人事。」

「是嗎……」

「你可別告訴我，你改變主意了。」狄念祖冷笑兩聲，站起身，扭著脖子、掄掄胳臂，一副做著暖身操一般。「就算你現在改變主意，也太晚了。」

「痲醉退了嗎？」大堂哥神色陰晴不定，一會兒看看狄念祖，一會兒看看月光，見到她也緩緩起身，學著狄念祖的模樣甩手踢腿，還一把扯下了懷中的假肚子，連忙後退兩步，又看看四周守著的女僕們，哼了哼說：「我兩名寶貝就制服了你們，你以爲你恢復力氣，就有勝算？」

「我眞搞不懂你……」狄念祖冷笑了笑說：「就算你現在向袁唯告密，又能如何呢？你忙了一晚上打包行李、畫地圖、討論逃亡路線，現在只要乖乖等田小姐通知，我收拾袁唯、你開心逃跑，不是皆大歡喜嗎？」

「我就怕你們成事不足……連累了我。」大堂哥喃喃地說：「我根本不需要陪你們玩這蠢遊戲……」

「你不想玩那我走囉。」狄念祖哼了哼，牽起月光的手，對大堂哥說：「放心，我不會供你出來的，我沒那麼閒。」

「誰准你走？」大堂哥怒叱一聲，揮手一指，七名女僕立時將狄念祖和月光團團圍住。

「袁正男，我們打過架，你知道我這隻手的厲害，也知道我根本不怕死。」狄念祖吁了口氣，抖抖手，化出拳槍大臂，擺出迎戰架勢，惡狠狠地瞪著大堂哥，說。「七個女僕聯手，我的確擋不住，但是你確定我不能在死之前，碰你『一下』？現在你的身體你自己最清楚，不用多，只要『一下』就好了。」

「七個女僕……」大堂哥瞥了月光幾眼，恨恨地對狄念祖說：「你對自己這麼有自信？你以爲那個失敗品一定站在你那邊？」大堂哥說到這裡，頓了頓，轉而望著月光，語氣變得輕柔。「蘇菲亞……」

月光先是一愣，跟著眉頭一皺，像是身體被針刺了幾下，她立時摀起耳朵，大聲說：「我已經說過我不當你的公主了，我不想聽你說話！狄對我很好，他對大家都好，你一件好事都沒做過！你……你拋下了愛你的妻子！」月光說到這裡，罕見地露出怒容，瞪著大堂哥。

「喝！」大堂哥登時啞口無言，這些天來他被女僕伺候慣了，雖知道月光是失敗品，服從性沒有其他女僕那般高，卻也沒料到她會這般凶悍地頂撞自己。

「老兄，我告訴你，比起你這票女僕，月光正常多了。她不是失敗品，只是涉世未深，她有腦袋思考，你眞把人當白痴嗎？」狄念祖哼哼地環視身邊女僕。「她有她們都沒有的——人性。」

狄念祖說完，雙膝一彎，發出喀啦一聲，做出朝著大堂哥衝刺的預備動作，他們之間僅有數公尺的距離。

「啊！擋住我、快擋住我！」大堂哥猛然會意，連連後退，顫聲喊著，那些本來圍住月光和狄念祖的女僕們，倏地來到大堂哥身邊，依照他的命令，將他團團圍住。

「這樣又沒有用——」狄念祖又揚了揚手，拳槍右手再度變化，變成更爲巨大的蟹螯型態。他故意讓蟹螯大鉗用力開闔，發出響亮的喀喀聲。「不用多，只要『一下』就好了。」

「我去你的……」大堂哥被擋在眾女僕身後，從人縫中瞧見狄念祖那嚇人大鉗，知道他口中的「一下」，不論是「鉗一下」、「割一下」、「搥一拳」還是「踹一腳」，都足以令他致命。他回想起狄念祖在深海神宮逃生艙中，相隔二、三十公尺，都能幾步蹦到他面前，他對狄念祖那「卡達蹦」可是印象猶深，此時他雖有七名提婆級女僕侍衛，但在這起居室裡，與狄念祖只相隔數公尺，若是狄念祖暴衝過來，這批女僕未必攔阻得住。

叮咚──

叮咚──

門鈴聲在此響起。

「主人，該用藥了。」那年幼貌似月光的女僕開口說。

每天這時，會有專人上門替大堂哥注射抑制海怪基因的藥劑。

「呃……呃呃……」大堂哥呆了呆，不知所措。

「主人，該用藥了。」那女僕又說了一次。「我去開門？」

「我知道、我知道，你不必提醒我！」大堂哥突然暴怒，重重打了那年幼女僕幾個耳光，說：「我說過了，我說什麼妳們才做什麼，不要問我，不要指使我！」

「是。」那年幼女僕立時跪伏在地，親吻著大堂哥的腳趾。「我不對，我做錯事，請主人原諒我……」

「袁正男，你他媽該吃藥啦！」狄念祖見了大堂哥這樣對待口中的「寶貝」，不免心中有氣，酸諷地說：「你殺父恩人手下來餵你吃藥啦，你只顧著打『寶貝』出氣，怎麼還不開門？你想抗命啊？」

「狄念祖，要不是我身上的海怪基因被抑制住了，我一定殺了你！」大堂哥聽見了狄念祖的嘲諷，憤然怒喝。

「沒志氣的傢伙，你身上的海怪基因只能用來殺我嗎？」狄念祖嘿嘿笑著，他沒有鬆開雙膝關節的上膛之勢，而是透過大腿出力，緩緩挪移腳步，同時舉著巨大蟹螯，瞄準了大堂哥，帶著月光，來到窗邊，喚來月光在她耳邊吩咐幾句，笑著對大堂哥說：「你若是重新得到海怪基因的力量，可以一路打出海洋公園，甚至跟我們一起教訓袁唯，你是袁家大哥，不是袁唯的孫子，不需要誠心敬意地親他屁股。」

狄念祖說到這裡，突然左手揭開窗戶，右手收回拳槍，月光也立時搭住了狄念祖的胳臂，兩人同時一蹦，躍出窗去。

兩人落在這豪宅後方庭園草皮上，立時頭也不回地狂奔起來。

□

「嘩──」廣場上又掀起一陣驚呼。

第二路地面部隊四名領頭破壞神，同時將他們手中的大劍，斬在孫行者和蚩尤頸上、肩上、胸口和腰側。

四名破壞神緊握大劍，將兩隻古魔使力向下按壓，兩隻古魔雙膝微微彎曲，眼見便要跪倒，突然轟隆一聲，孫行者揚起手上的巨石，砸在一名破壞神臉上，跟著身子一挺，兩把斬在他身上的大劍喀啦應聲折斷，再揮動巨木，攔腰砸在另一名破壞神腦袋上。

那頭，蚩尤甩動雙斧，斬在兩名破壞神腿上，將他們斬倒在地，將兩把砍在自己身上的巨劍分別抽出，扔在地上——

這批杜恩打造出的奈落古魔，在骨肉強悍度上，可比聖泉原生產製的破壞神高出不只一個等級。

孫行者像頭飢餓的野獸，攀上被他撂倒在地的破壞神身上，張口便咬，將那兩個比他高大許多的破壞神，啃了個面目全非；蚩尤則連揮巨斧，快速斬死另兩名破壞神。

奈落大軍趁勢席捲，聖泉第二路地面部隊瞬間潰敗。

跟著，聖泉第一路、第三路和第四路地面部隊，也先後對上其他包括了九尾狐、人面獅、八歧大蛇等古魔率領的奈落大軍，聖泉派出的破壞神在古魔面前連三分鐘都挺不住，一個個高聳巨兵轟然倒下。

整片廣場哀聲震天，所有居民像是當頭被澆了一盆冰水，眼睜睜地看著敵方古魔猶如出閘猛獸，己方的帶頭大將們卻像是紙紮老虎般，緩慢而無力地兵拜如山倒。

從高處空拍的畫面所見，聖泉四路大軍像是被熱水澆著的螞蟻般四散亂竄，更遠處的前方，響起了一陣又一陣尖銳刺耳、悽厲可怖的長鳴聲。

廣場上許多人都摀起了耳朵，這樣的聲音他們十分熟悉，那些白日羅刹日夜不分地殺戮和獵食，當他們每每攻向一處新城鎮、新村落時，便會發出這樣的尖吼聲。

此時逐漸逼近安全區域的奈落大軍主陣那頭，一隻隻白日羅刹彼此攀著彼此，像是行軍蟻築橋建窩那般，用身體堆起了一座高塔。

一架空拍直升機試圖逼近拍攝，所有人只看見那高塔上站著一個老者，當大家試圖看得更仔細時，畫面陡然亮白，而後全黑。

直升機被擊落了。

一個持著亮黑銳叉的剽悍身影出現在奈落空中部隊陣中，那是古魔天狗。

天狗的左手上揪著三顆天使阿修羅的腦袋，直到這時廣場上的居民才發現，本來似乎小佔優勢的聖泉空軍，也在奈落古魔天狗的參戰下，情勢發生扭轉。本來佔據了半邊天際的雪白鳥人、天使阿修羅，漸漸被那些生著黑羽黑翅的奈落羅刹、鳥人給緩緩逼退、擊墜。

「大家、親愛的大家、勇敢的大家！千萬不要失去希望呀！」神之音的人員憤然吶喊著：「讓我們專心祈禱，我們還有第二波、第三波的援軍——」

一陣轟隆隆的聲響，自遠處發出，成千上萬的居民們駭然騷動起來，他們透過巨型螢幕牆見到安全區域外圍幾處平台地板揭開，立起五座高聳金屬箱子，箱門四面揭開，裡頭是巨大的鳳凰。

五隻鳳凰顏色各異，自左而右，分別是血紅、鮮黃、雪白、藍綠交雜、亮黑，居中那雪白鳳凰長頸一抬，有四、五層樓高，比一般破壞神更加巨大許多，兩旁四隻鳳凰也都有三層樓那麼高。

五隻鳳凰紛紛張開羽翅，揚頸長鳴，他們的鳴叫聲雖也尖銳，但比白日羅剎的怪叫好聽許多，五隻鳳凰共鳴出的聲音，蓋過了奈落大軍的尖嚎，有如一枚定心丸，讓人心動搖的廣場居民們，再次停止哭泣，舉起雙手，專心祈禱。

「那五隻鳳凰，是我們的袁唯先生在不久之前的那次大戰裡，從那被康諾、斐家聯手霸佔的第五研究部中，救贖出的聖獸吶！」神之音人員高聲說：「袁唯先生犧牲了自己，擊敗了邪惡的斐家，感化了這些聖獸，現在，是這些聖獸報恩的時刻啦，不只是聖獸鳳凰，我們還有力量！千萬不要灰心、千萬不要喪志，大家舉起你們的雙手，共同祈禱！奇蹟一定會發生——」

五隻鳳凰的引頸長鳴，使得前方敗逃的四路地面部隊，開始重整旗鼓，轉向禦敵。

同時，五隻鳳凰後方也擁出了第二批地面部隊，同樣由阿修羅、夜叉、提婆爲主力，同時也混入了聖泉的武裝僱傭兵，那些傭兵乘坐著架有重裝火力的裝甲車輛，與聖泉生物兵器齊行進軍，在五隻鳳凰前方築起了一道防線。

「田姊！斐家開始行動了——」六號飼育場辦公倉房裡，發出一聲尖叫。

「什麼？」田綾香連忙轉頭，與那負責和斐家聯繫的寧靜基地成員再三確認：「告訴他們，袁唯還沒現身，行動還沒開始！」

「溫……溫妮說行動已經開始，要我們跟上——」那人員這麼回報。

田綾香撐身站起，緊握雙拳，急切盯著那電視機上五隻鳳凰展翅揚威的模樣，她知道這批鳳凰必定是袁唯在第五研究部大戰後，從斐家紫鳳屍身上取得的基因再製而出的成品。

紫鳳身上融合著斐家姊弟母親的肉身和血脈，袁唯將之再製，讓他們和古魔彼此廝殺作戲，即便溫妮能忍，才剛失去兩位姊姊的斐家兄弟此時必然盛怒至頂，說什麼也忍不住了。

「告訴他們，我們所有的行動規劃，都是從袁唯出現之後才展開，現在袁唯還沒現身，我們埋伏在海洋公園各處的人，沒辦法在短時間內一齊修改計畫！」田綾香急切喊著，一跛一跛地趕向那幾名與斐家保持聯絡的人員，搶過通訊設備，說：「溫妮、溫妮，妳聽得見我說話嗎？」

通訊設備那端似乎也躁動一片，溫妮幾度欲言，都被斐漢隆打斷，最後斐漢隆的聲音傳來：「什麼狗屁計畫，打就對了，袁唯不可能不現身，我們碾平他的聖地，他一定會出現！」

「殺光那些天殺的冒牌貨！打進他們的實驗室，把紫鳳基因搶回來，我們的媽媽不是袁唯的玩偶——」斐少強的怒吼聲接在斐漢隆的話後傳出。

田綾香無言以對，知道此時無論再說什麼也無法阻止斐家兩兄弟，她搖頭半晌，結束與斐家的通話。

「田姊，我們要配合斐家提前行動？」莫莉將手上的三明治一口氣塞進嘴裡，這麼問。

「不……」田綾香搖搖頭，說：「斐家主要目標是袁唯，我們的目標是搶袁安平，兩邊重疊性不高……讓他們打他們的，我們再等一陣子。」

「可是……」林勝舟說：「現在斐家兩兄弟也將目標放在地底實驗室，放任他們亂打，恐怕會打亂我們整個行動路線吶！」

「……」田綾香蹙眉思索半晌，也覺得林勝舟顧慮有理，他們不但要攻入地底實驗室喚醒袁安平，更重要的是要帶著袁安平逃出來。他們透過小魚小蝦，摸清了地底實驗室的大致構造，規劃了數條逃亡路線，此時深海神宮分布在各處的魚蝦夥伴們早已潛入幾處大型水槽中待命，若是讓斐家兄弟亂闖，將敵軍引到逃亡路線上，那可相當不妙。

就在田綾香不知如何才好之際，溫妮的聲音又透過通訊設備傳出。

「寧靜基地田小姐。」溫妮的聲音聽來有幾分無奈、幾分悲愴，她說：「我說服漢隆、少強少爺從『K點』進軍，這個地方和你們的進攻計畫十分吻合，不會壞事，我會在後方穩住大局，繼續等待袁唯。」

「K點？」田綾香愣了愣，急問：「他們怎麼過來？我們的深海部隊已經往海洋公園開來，聖泉也派出船隊來到岸邊巡防，他們的水生兵器已經下海了，我們潛入海洋公園的排水管洞穴隨時都會被發現！」

「放心，我們不走水路。」溫妮這麼說。「我們會直接打進去，反正……現在他們兩兄弟也聽不進更詳盡的進攻計畫了。」

「直接打進來？」田綾香搖搖頭，表示不懂何謂「直接打進來」。

「哇！來啦、來啦！」一名寧靜基地人員指著電視機大喊。「眞的直接來啊！」

只見電視機上，一架聖泉空拍直升機，將鏡頭對準了那遠方斐家艦隊處飛來的一隊兵團。

這隊兵團超過兩百人，陣中有阿修羅，有獵鷹隊夜叉，背上全生著翅膀，帶頭兩人正是斐漢隆和斐少強。此時他們的模樣像是兩隻憤怒的大鷹，他們展現出來的鳳凰基因型態與先前大不相同，這是他們爲了強攻海洋公園所做的身體改造，目的是增加發動突襲時的機動力。

「看！那與魔王康諾狼狽爲奸的斐家餘孽，終於展開突擊啦——」廣場上的神之音人員指著螢幕牆上飛來的大隊斐家人馬，嚷嚷喊著：「大家別怕，聖泉早有準備，我們的天使部隊不會讓這些斐家魔軍越雷池一步的！」

天上聖泉這方的天使阿修羅、鳥人大軍在底下的指揮人員命令下，分出了近千名戰力，轉往攔截斐家兄弟。

雙方在空中極速逼近，只見斐漢隆揚起手，連續比劃幾個手勢，一行數百人的飛空隊伍陡然急轉向下、直衝海面、竄進了水裡，在一陣水花激濺後再無聲息。

「呃……」神之音人員高舉著拳頭，正要慷慨激昂地報導戰情，卻見斐家一行竟瞬間竄進了海裡，聖泉一方的鳥人只能漫無頭緒地在空中盤旋，一時間也不知該如何接話，吞吞吐吐地說：「他們、他們……他們怯戰啦！他們一定是被我們聖泉天使大軍的正氣給嚇著了，大家！這是我們祈禱的力量，讓我們繼續祈禱，讓我們的力量……」

唰唰唰唰——

數百公尺外，海洋公園邊界山壁不遠處的海上，濺起一陣激烈水花。

一個個人影飛竄上天、張開羽翼，飛竄到半空高處，轉而向海洋公園急衝——

這批斐家空軍，在與神宮研究員合作之下都接受了半魚基因的改造，能飛空能入水，他們在水中時游得比魚更快，飛上天時又如同大鷹般俐落凶猛。

「啊！」那緊盯著巨型螢幕牆的神之音人員本來一面精神喊話，一面搖頭晃腦地在十來個分割畫面上尋找那支斐家空軍的下落，聽見廣場居民一陣驚呼，這才從某個不起眼的畫面上瞧見那竄上天際、衝入海洋公園中的那隊斐家空軍。

「大家別怕，我們……咦……」神之音人員急急喊著，見到那支空軍在衝進海洋公園後，突然兵分二路，一路往山腰處方向飛去，那兒是海洋公園地底實驗室的入口之一，另一路則往廣場方向急衝而來，這才緊張地大喊：「攔下他們、快攔下他們！」

刺耳的警報聲轟然響起，駐紮在離廣場不遠處的幾隊夜叉團紛紛往廣場趕來，天上的白色天使、鳥人們也紛紛轉向，向下撲蓋而來。

廣場上萬居民哄亂成一團，許多人推擠倒地，驚呼哭聲震天，幾隊本來駐守在廣場內維持秩序的武裝士兵隊挺起步槍朝著飛來的那斐家空軍開火，如此一來更是嚇壞了廣場居民。

「停——」空中帶頭的是斐少強，他在底下的士兵們開火前便舉手阻住了身後百人隊伍，快速變換了幾個手勢，跟著大喊：「散！」

只見本來聚成一團的百人飛空隊，立時分成十小隊，向四周散開、落入海洋公園各處設施屋頂或巷道之中。

「他們想幹嘛？我怎麼知道？快阻止他們——」廣場舞台後方的神之音人員們正透

過通訊設備，與博物館內的神之音總部頻繁交換訊息。

此時，聖泉大批鳥人、天使阿修羅們紛紛趕了回來，四處追捕斐少強帶領著的游擊小隊。

「我小看他們了！」田綾香見斐家兄弟儘管盛怒出擊，但也並非全然如無頭蒼蠅般亂竄，而是按照溫妮的指示，由斐少強帶隊四處亂竄吸引注意、斐漢隆則集中全力攻打地底實驗室的主要出入口。此時他兄弟倆吸引了所有人的目光，如此一來，寧靜基地和深海神宮接下來的行動等於得到了完美的掩護。

「通知海上主力進軍。」田綾香揚起手，依序對各小組下令。「海洋公園所有小隊，現在開始行動——」

黃才本來倚在門邊，等候命令，聽田綾香這麼說，立時轉身出門，拿起對講機，說：「墨三，行動了。」

飼育場三樓，墨三接到黃才的通知，立刻吆喝手下，來到某處飼育池旁，探手入水，輕輕撫摸裡頭的小章魚群，望著池子正中央的「大腦」，說：「鯨艦呀，出發囉！」

那大腦晃了晃三團圓球，圓球與細絲發出一陣陣青藍色電光，小章魚在池中旋繞起來，紛紛往那大腦聚去。

瞬間，那池子裡站起一個近一層樓高的人形大物，那巨人嘩啦啦抬起左腳，跨出池子，跟著再抬起右腳，跨進另一處飼育池裡。

「墨三，情況如何？」黃才的聲音從墨三手中的對講機發出。

「很棒、很棒！我們的改造非常成功，這些黏土章魚即便離水，還是能夠保持一段時間的活力，只要讓一部分身體接觸穩定的水源，我想他們可以長時間待在陸上。」

墨三這麼說的同時，那巨大人形物已經跨入第二座水池，全身發出微微電光，雙腿竄出一條條帶電細絲，只見更多小章魚攀上那巨人，當這大傢伙跨出第二座飼育池，跨入第三座飼育池時，身體厚度足足增加了一倍。

「好了、好了，這樣太慢，我們換一種方式。」墨三搖手吶喊，翻身躍入池中，來到鯨艦身旁，拍了拍他的人形大腿，鯨艦便坐了下來，雙手抱膝，微微歪著頭，像是在沉思；他的身體伸出了數條由黏土章魚集結聚成的條狀物，伸入其餘飼育池，一座座飼育池分別發出微微電光，電光隨著鯨艦不斷分散延伸的觸手擴散，二樓、一樓、地下一樓，乃至於透過排水管路，往五號、七號和八號飼育場緩緩伸去。

CH11 降世

「老傢伙，你還睡，行動開始啦！」傑克喵喵大叫，威風凜凜地站在壁櫥門前，揹著他那小背包，轉頭朝著睡眼惺忪的老乖喊。

「總算要走啦。」老乖打了個哈欠，懶洋洋地站起，抖抖頭、踢踢腳，只見身旁的米米正將筆記型電腦和線路先以布巾裹起，跟著讓左手液化，覆住整台電腦，乍看之下，像是提了只小提箱般。

「你行不行？要不要讓米米將你也包起來提著走？」傑克問。

「不必，真當我老得走不動了嗎？」老乖哼了哼，搖頭晃腦地來到傑克身旁。

「我得告訴你，現在情形跟之前可不一樣了。」傑克正經地說：「外頭打起來了，聖泉的夜叉團四處抓人，你最好做好心理準備。」

「我是來拚命的，不是聽你說故事的，小貓，你到底走不走？」老乖又打了個哈欠。

「哼！你這老狗不知好歹！」傑克正要發作，米米已揭開壁櫥門，走入小密室，跟著再開門，來到電腦部門的廊道，朝猶在裡頭鬥嘴的傑克和老乖招手。「你們還不出來？」

廊道中站了個行政中心的女員工，捧著一疊資料，望著擋著她去路的米米，不明所以地說：「這兒怎麼有個新物種？實驗室跑出來的嗎？」

「姊姊，妳之後就知道了。」米米呵呵一笑，領著傑克和老乖，轉向奔跑。

「快通知夜叉隊，有實驗室逃出來的新物種呀！」「說不定是奈落的魔怪！在哪啊？」

傑克一面狂奔，還不時回頭，訕笑著騷動連連的後方，只見前頭樓梯處奔上兩個大影，是夜叉。

兩名夜叉一見米米，二話不說便揚起雙手，指甲銳利如刀，朝著米米展開凶猛突擊。

「哼、哼哼！」米米甩開液態金屬黏臂，抵擋夜叉猛攻，一面揪住了想要趁隙下樓的老乖尾巴，將他往另一條廊道甩去。「不能下樓，樓下還有夜叉！」

「這裡啦，笨狗！」傑克喵喵怪叫，從背包裡翻出一把小麻醉槍，噗地朝著急攻米米的夜叉連開兩槍，跟著帶著老乖轉入廊道，再從背包掏出麻醉彈填補彈藥，他那小麻醉槍一次只能填裝兩發麻醉彈。

一貓一狗轉入一間辦公室，裡頭緊盯著電視機實況轉播的兩名員工，被衝入房中的傑克和老乖嚇得摔下椅子，其中一人反應較快，掙扎起身，隨手拿起桌上的瓷杯便要往老乖砸，只聽「噗」一聲，胳臂一軟、瓷杯落地，只見一個黃影迎面撲來，臉上捱了傑克兩腳，癱軟倒地。

「喵嗷——」傑克在空中翻了個身，朝著倒地另一人也開了一槍，跟著落在窗簷，先補充了麻醉彈，跟著掀開窗戶。

「老狗，幫忙！」傑克躍到門邊，見米米和兩隻夜叉打得難分難解，左顧右盼，靈機一動，將一只不鏽鋼保溫杯卡在門邊，將門帶上，讓門板抵著那保溫杯，跟著將一只電腦椅推往門後，椅背一端抵著小櫃子、一端抵著門板，跟著探頭出去，朝著米米大喊：「米米，快鑽進來！」

米米聽了傑克叫喚，立時向後躍出戰圈，奔向小辦公室；見到窄小門縫，倏地變化身形，自那拳頭大小的門縫鑽進辦公室裡。

緊追在後的夜叉，一腳踹向門板，但門後卡著一張椅子，夜叉這一腳並未將門完全踹開，而是踹出了個裂口。

儘管兩名夜叉接下來只花了數秒，便將那礙事門板斬了個碎裂追入室內，但只那數秒便足夠讓米米擺脫夜叉追擊，揪著老乖和傑克垂盪下樓。

□

大堂哥臉色鐵青地坐在沙發上，望著迎面走來的兩名研究員。

研究員笑嘻嘻地向大堂哥問好，一人在桌邊蹲下，揭開所攜小箱，取出一枚針筒。

「你們真是認真，就算外頭打得天翻地覆，你們也準時來給我打針。」大堂哥冷冷地說。

「這是我們的職責。」一名研究員來到大堂哥身邊，替他挽起袖子，取出酒精海綿，在他胳臂上擦了擦；另一名人員檢視了針筒上的藥劑刻度，也來到大堂哥身邊，準備替大堂哥注射這管抑制海怪基因的藥劑。

「等等……」大堂哥突然出聲喝止兩名研究員的動作。

「怎麼了？」一名研究員正開口發問，只覺得背心一陣劇痛，他想回頭，卻感到雙肩被兩股怪力扣著，動彈不得，另一名研究員倒是瞧得清清楚楚，是兩名女僕按住他的夥伴，且將一柄水果刀刺入夥伴背心，他正要焦急大叫，只覺得脖子一涼，跟著眼前濺起了紅色的血花——

另一名女僕以水果刀劃開了他的頸動脈，讓他的血在自己眼前綻放成花。

□

「大家別慌、別慌！這一切都是邪惡的奈落魔軍的伎倆，爲的就是要讓我們害怕、打擊我們的鬥志、讓我們放棄希望！」神之音人員接力上台安撫底下近萬名驚慌失措的居民，大批天使阿修羅盤踞到廣場上空，夜叉團和武裝士兵將整個廣場圍得水洩不通，這批名流貴族這才不那樣驚恐，漸漸將注意力放回螢幕牆上，那位於正前方逐漸近逼的奈落大軍。

「哎呀！」神之音人員突地驚呼一聲，廣場上萬人心頭同時都涼了一截。

那藍綠色的鳳凰，被人面獅咬斷了頭子。

「祈禱，別放棄你的意志，別放棄你對天的信任——」

血紅色的鳳凰，被蚩尤扒開了胸膛。

「袁唯，你這瘋狗、裝神弄鬼，你的猴戲騙不了人！」斐少強攀在一處尖塔上，扯著喉嚨大喊，上方鳥人大隊立時鋪蓋而來，挺起一支支尖叉，朝著斐少強刺去。

斐少強速度快絕，踩上幾隻鳥人肩背，扯斷他們背上羽翅、擊碎他們腦門臉面，舉起掛在腰間的衝鋒槍四面掃射，將襲近身處的鳥人盡數擊落。

四隻天使阿修羅團團圍來，張開六手，斐少強不敢硬碰，收合了翅膀，讓身子快速下墜。

天使阿修羅俯衝急追，其中一隻腦袋一震，額上、身軀多了幾個血洞；另一隻背上扎了柄軍刀；第三、第四隻隨著斐少強一同落地，立時被埋伏在建築周遭的斐家阿修羅、獵鷹隊夜叉強襲圍攻，霎時槍聲大作，將這四隻天使阿修羅擊斃，又在更多鳥人大軍包圍之前快速轉移陣地——

斐家備戰之時，早已針對海洋公園中各種地形擬定了數十種游擊戰法。相較之下袁唯一方將這聖地中各種生物兵器調度、指揮大權交給神之音管理，神之音裡頭的成員大都是政界人士和宗教人士，擅於引導群眾和政治談判，但在軍事領域，尤其是實戰戰術設計和應變能力，自然遠不及斐家。

「看！斐家的妖魔鬼怪，一見到天使大軍，只能抱頭鼠竄！」神之音成員高聲指著那拍到斐少強躲避天使阿修羅追擊的畫面，一手揪著頭髮，一手緊握麥克風，激昂地說：「大家誠心祈禱，替我們的鳳凰祈禱——」

廣場上的成員又是一陣哀鴻遍野，他們見到鮮黃色鳳凰被古魔孫行者攀上後背，生噬起來；又見到那亮黑色鳳凰被九尾大狐撲在地上，活活分屍。

聖泉的地面部隊潰不成軍，流竄四散，只剩下那雪白色的大鳳凰猶自苦戰，守著安全區域外那道防禦工事正門，大批白日羅剎攀上了雪白鳳凰巨大身軀，啃噬起牠的身子。

更多奈落大軍翻過了一道道防禦鐵網、沙包和矮牆，湧入了安全區域，尋找那窩藏在新造社區裡頭沒有一同前往廣場參與祈禱大會的居民們，將之獵殺、生啖。

空拍直升機將一幕幕畫面傳回廣場上的巨型螢幕牆，霎時哀聲震天。

同時，巨型螢幕牆上，也紛紛出現全球各地安全區域遭受攻打的慘況，有些位於貧民地帶的祈禱廣場，直接受到奈落大軍的襲擊，鮮血將集會廣場染成如同紅色湖泊。

「超越一切神的神啊——」神之音成員手牽著手，沙啞嘶吼著。「人們受的苦難已經夠了，請您救贖我們吧——」

巨型螢幕牆上，不停輪番播放世界各地成千個祈禱地的神之音成員齊聲吶喊的畫面，有些神之音成員正被羅刹啃噬身體，有些則抱著負傷的婦人和孩子。

奈落大軍抵達了海洋公園圍牆前，攀上圍牆，往廣場襲來。

空中那如同烏雲般的漆黑奈落羅刹大軍也將整座海洋公園團團圍住，白色聖泉空軍的領空只剩下海洋公園正上方。

雪白色的鳳凰被更多黑色羅刹爬滿全身，像是落進污水中的天鵝，仍然盡力振翅，發出長嘯，抬腳踩踏身邊的奈落大軍。

「即使到了最後一刻，我們仍然不放棄希望，大家閉上眼睛、舉起雙手，用我們全部的力量吶喊，將我們的信念、我們的聲音、我們的祈禱，一點也不剩地傳達到天空上去，讓祂聽見，讓希望降臨——」舞台上神之音成員哭喊著，搖動手勢，讓後台人員將擴音設備調高數倍，震耳欲聾的祈禱聲響，一部分來自廣場收音，一部分來自事前錄製，透過巨大喇叭，融合成排山倒海的聲浪。

此時此刻，全球各地上百個國家，不分晝夜、不分晨昏，在成千上萬個大大小小的祈禱集會上，膚色國籍不一的人們大都閉上了眼睛，耳朵裡只聽見差不多音量的巨大祈禱聲，這樣巨大的音量震懾了每個人，使他們稍稍不那樣恐懼了。

「看──那是什麼？」

陡然，祈禱聲被數十種語言的「大家快看，那是什麼？」聲音打斷，各地人們同時睜開了眼睛，全部盯向螢幕牆上一處空拍畫面。

在天的那方──

有一支銀白色的空中隊伍緩緩開來。

隊伍前頭有一隊二十四隻一身銀盔白袍、佩戴華麗長劍、騎著白羽天馬的開路飛馬騎兵。

飛馬騎兵之後，是一小隊持著旗幟、同樣銀盔白袍的天使。

再之後，是一輛華麗的巨大馬車，那馬車前頭由十六隻白色飛馬拖拉，馬身上坐著背上長著小翅膀的男童。

馬車下方藏有隱藏式的噴射裝置，上方則由一隊巨鷹以銀繩拉著。

馬車後方，是一大隊穿著華麗、武裝齊全的天使阿修羅和鳥人。

馬車車廂的車門緩緩打開，一個白袍男人走了出來，望著海洋公園安全區域外那漫山遍野的奈落大軍。

「大家，辛苦了。」

袁唯的聲音，透過架設在海洋公園外圍的特殊擴音設備傳出，聽起來就像是從天上傳來一般。

同時，袁唯的話語，也立即由各地神之音人員翻譯成當地語言，同步播放給各地廣場上的人們聽見。

「嘩——」海洋公園廣場上的居民發出了驚呼聲。「那是袁先生！」「不是說他傷重不治了嗎？」「他來啦！他來幫助我們啦！」

「袁先生，是袁先生！」舞台上的數十位神之音成員們，激動地跪了下來，嘶吼著：「難道，袁唯先生就是上天給予我們的答案嗎？」

「下去，不許你們，污辱雪一般的鳳凰——」袁唯扶著馬車圍欄，伸手一揚。

雪白鳳凰身上的黑色羅剎們，一隻隻像是失去意識般，紛紛跌落下地。

某些殺紅了眼、不受控制的羅剎，也會立時被本來便躲藏在鳳凰羽下的夜叉擊斃，或是被隨行的指揮使者斬首扔下。

被染成黑色的雪白鳳凰，又逐漸恢復了白色。

「這是天之怒。」袁唯又揚起手，向下一揮。

轟——

埋藏在安全地帶外的地雷，隨著袁唯的手勢而引爆，炸飛了一團又一團的奈落羅剎。

「神降臨啦——」神之音成員從跪姿躍起，握拳歡呼，廣場上也爆響出歡呼，與先前的祈禱聲一樣，這陣激勵人心的歡呼當中，六成音量也是事先錄製，混入現場收音一同播放。

「邪惡，來到終結的時刻了。」袁唯站在馬車上，張開雙手，雙眼綻放金銀光芒，背上生出巨大而華美的雪白色翅膀。

「我難得同意。」溫妮站在艦隊旗艦甲板上，望著遠處天際的雪白空隊，她的身後也跟著上百名飛空隊伍，背後展開了一對黃色羽翼，微微一振，身子騰空浮起。

上百名空軍也跟著她振翅騰起，十餘架阿帕契直升機緩緩飛升，數艘艦艇上的飛彈裝置緩緩轉向，對準了袁唯空隊的方向。

「終於現身啦，我操！」狄念祖站在商店街一處騎樓底下，拋下被他打殘的夜叉，一手還拿著一塊麵包，瞪著架設在斜方二樓高處的螢幕牆，氣呼呼地罵著：「囉哩吧唆讓我以爲還要再等一小時！」

月光嘴裡也叼著一塊麵包，雙手抓著一根打彎了的金屬路牌。「狄，他們來了！」

「小狄、小狄！」傑克和老乖朝著狄念祖狂奔，後頭跟著米米，以及一隊寧靜基地派出的護衛人員，護衛當中帶頭那人，是強邦。

強邦在經過一段治療之後，雖未能完全恢復自主意識，但已經能夠與他人進行簡單的溝通，且能夠執行簡單的任務。

「可惡！」傑克氣呼呼地躍到狄念祖肩上，對著他的腦袋拳打腳踢起來。「你這騙子，你說一定會來接我，結果我還特地來找你……咦？」傑克也見到了螢幕牆上的袁唯身影，高聲嚷嚷起來。「他來啦！」

「時候到了。」田綾香起身，提起腳邊一具金屬箱子，領著眾人步出倉房，來到外頭的排水池旁，將金屬箱子放在池邊，揭開箱蓋，裡頭是八個模樣像蜘蛛的金屬裝置。

那金屬裝置中央有處硬幣大小的透明構造，裡頭是液體，關著一個黃豆大小的怪異小生物，那生物在這小狹的空間裡載浮載沉，像是睡著了。

田綾香將那八個裝置一一取出，分別交給傑夫、墨三、黃才，以及另外三名隨行研究員一人一個，接著，她自己也取過一個裝置，扣上手腕。

「唔！」田綾香露出痛楚的表情，那金屬裝置數支狀如蛛足的支架，一扣上手腕，立時收緊，箍進肉裡，猶如戴上了一支手錶。那透明構造微微發出青光。其餘眾人也和田綾香一樣，將這裝置扣上手腕。

「大家聽好，我最後重複一次，戴上這微型濕婆基因裝置之後，裡頭的濕婆會進入淺眠狀態，只要按下開關，濕婆就會醒來。」墨三仔細叮囑眾人，說：「在淺眠狀態下，濕婆只能維持三小時，我們必須在三小時內找到『備料』，喚醒之後，濕婆會存活一小時，那時候如果我們找到了備料，就可以自由操縱濕婆。」

「小海星，這個先交給你保管，待會交給狄念祖。」田綾香說到這裡，將剩下一個金屬裝置遞給了跟在後頭探頭探腦的糨糊。

「這是什麼？」糨糊捧著一只玻璃小缸，小缸中裝著那條被墨三救活的母章魚，母章魚緩緩地在水中漂游，神態怪異，身子一抖，生出了一小批卵。

糨糊接過那金屬裝置，不解地問：「公主呢？」

「我們已經派人去接你的公主和狄念祖，你們幾個小侍衛先跟著我們行動，我帶你們去和他們會合。」田綾香這麼說，跟著轉身揮了揮手。

「出發。」

銀色海灘外海，數條石魚、大鯨、巨鯊、海豚紛紛浮出水面，往銀色海灘逼近，那是深海神宮的主力部隊。白牙站在一條大鯨背上，挺著一柄長叉，威風凜凜地指向遠處的袁氏博物館，四周幾隻大鯨巨背一挺，幾柱水柱噴灑上天，更多蝦兵蟹將冒出頭來，人魚雪莉帶著先鋒部隊，直衝銀色海灘。

「夥伴們，上——」

「袁老闆，銀色海灘有動靜了！」吉米汪汪叫著，奔到袁燁腳邊，將一台望遠鏡遞給袁燁。

袁燁接過望遠鏡，望向銀色海灘，此時他們已從地下競技場裡，來到了同棟娛樂大樓的樓頂待命。

「我們發現狄念祖了。」又有一名人員回報，說是狄念祖與一群人在商店街會合後，轉往袁氏博物館。

袁燁放下望遠鏡，向身後那批三號禁區成員們揚了揚手。

「我們走。」

大堂哥張手握拳，仍未感到海怪基因的力量。他知道還要等待一段時間，昨日早上注射的抑制藥劑效力才會完全退散，但他無法再等。他從電視機上見到袁唯、見到斐家兄弟，也見到了銀色海灘外的神宮怪物，他知道自己得做決定了，一票女僕揹上行李，靜待著他的命令。

「走了。」

空中，生出巨大羽翼的袁唯踩上馬車欄杆，緩緩一躍，巨翅張揚，飛了起來；底下，奈落大軍那端，羅刹堆疊成塔上的假康諾，朝空發出了怒吼，背上一陣起伏，竄出漆黑帶血的蝙蝠怪翅。

「大家，讓我們繼續誠心祈禱，凝聚力量，將我們的信念灌輸給袁先生、灌輸給神——」神之音成員高聲吶喊，世界各地安全區域內的祈禱場所再一次響起了響透雲霄的祈禱聲。

狄念祖與眾人一路向前，有時抬頭便能見到斐家空軍與聖泉鳥人的纏鬥戰況，有時又要動手打退一些攔路夜叉，且戰且走，來到了水族展覽區入口，此時四周自然一個遊客也沒有。他們越過了收票口，長驅直入，直到見到一整隊夜叉團，這才停下腳步，四周擴音設備中發出了神之音人員的吆喝聲：「看見了，這些康諾叛軍，殺死他們、殺死他們！」

狄念祖一行人立時做好迎戰準備，強邦擺出戰鬥架勢、傑克舉起麻醉槍、米米雙手化為利刃、月光持著一柄新拔起的金屬路牌。

狄念祖甩出拳槍大臂，微微壓低身子。

「小狄，他們人好多，我們要不要繞路？」

「繞個屁路，當然是衝過去！」

《月與火犬》12 完

敬請期待下集

月與火犬

13

濕婆基因真正型態揭曉、
地底核心冰壁現身、
袁唯大戰奈落魔王假康諾，
袁燁、吉米、大堂哥、狄念祖和月光、
三號禁區古物種、華江賓館伙伴們全員集結，
最後的生死決戰正式展開。

月與火犬 13 神與魔之戰
即將開戰—

蓋亞文化圖書目錄

書名	系列	作者	ISBN	頁數	定價
恐懼炸彈（全新插畫版）	都市恐怖病	九把刀	9789867450340	320	260
大哥大	都市恐怖病	九把刀	9789866815690	256	250
冰箱	都市恐怖病	九把刀	9789867929761	240	180
異夢（全新插畫版）	都市恐怖病	九把刀	即將出版		
功夫（全新插畫版）	都市恐怖病	九把刀	9789863190356	392	299
狼嚎（全新插畫版）	都市恐怖病	九把刀	9789863190554	368	299
依然九把刀（紀念版）	非小說・九把刀	九把刀	4710891430485		345
我買過最貴的東西，是夢想	非小說・九把刀	九把刀	9789866157738	392	299
人生就是不停的戰鬥	非小說・九把刀	九把刀	9789866473029	384	280
不是盡力，是一定要做到	非小說・九把刀	九把刀	9789866473036	384	280
1%	非小說・九把刀	九把刀	9789866157806		400
人生最厲害就是這個BUT！	非小說・九把刀	九把刀	9789866157035	384	299
綠色的馬	九把刀・小說	九把刀	9789866815300	272	280
後青春期的詩（插畫書衣版）	九把刀・小說	九把刀	9789866157530	27	250
上課不要看小說	九把刀・小說	九把刀	9789866473654	272	280
上課不要烤香腸	九把刀・小說	九把刀	9789866157806	304	280
樓下的房客	住在黑暗	九把刀	9789867450159	304	240
獵命師傳奇 卷一～卷十九	悅讀館	九把刀			
獵命師傳奇 卷二十（完）	悅讀館	九把刀	9789863190639	368	250
臥底	悅讀館	九把刀	9789867450432	424	280
哈棒傳奇（插畫書衣版）	悅讀館	九把刀	9789863190523	288	260
哈棒傳奇之繼續哈棒	悅讀館	九把刀	9789863190530	288	260
魔力棒球（修訂版）	悅讀館	九把刀	9789867450517	224	180
都市妖 卷一～卷十四、外傳	悅讀館	可蕊			
都市妖奇談 全三卷	悅讀館	可蕊	9789866815058		各250
捉鬼實習生 1 ～7	悅讀館	可蕊	9789866815119		
捉鬼番外篇：重逢	悅讀館	可蕊	9789866815652	320	250
魔法師的幸福時光 1 第一部1~9（完）	悅讀館	可蕊			
魔法師的幸福時光 番外篇	悅讀館	可蕊	9789866473913	208	180
月與火犬 卷一～卷十二	悅讀館	星子		256	
魘	悅讀館	星子	9789866473968	288	240
百兵　卷一～卷八（完）	悅讀館	星子	9789867450531	272	1535
七個邪惡預兆	悅讀館	星子	9789867450913	272	200
不幫忙就搗蛋	悅讀館	星子	9789867450258	308	220
陰間	悅讀館	星子	9789866815027	288	220
黑廟　陰間2	悅讀館	星子	9789866815577	256	220
捉迷藏　陰間3	悅讀館	星子	9789866157073	256	220
無名指　日落後1	悅讀館	星子	9789866815362	336	250
囚魂傘　日落後2	悅讀館	星子	9789866815446	288	240
蟲人　日落後3	悅讀館	星子	9789866815713	280	240
魔法時刻　日落後4	悅讀館	星子	9789866473173	304	240
怪物　日落後5	悅讀館	星子	9789866473500	288	240
餓死鬼　日落後6	悅讀館	星子	9789866473616	256	220
萬魔繪　日落後7	悅讀館	星子	9789866473814	288	240
太歲（修訂版）　卷一～卷六	悅讀館	星子			各280
太歲（修訂版）　卷七（完）	悅讀館	星子	9789866815881	392	299
太古的盟約　卷一～卷四	悅讀館	冬天			各240
太古的盟約　卷五～卷九	悅讀館	冬天			各199
武道狂之詩　卷一 風從虎・雲從龍	悅讀館	喬靖夫	9789866473005	256	220

*實際定價以各書版權頁爲準

武道狂之詩　卷二 蜀都戰歌	悅讀館	喬靖夫	9789866473340	256	220
武道狂之詩　卷三 震關中	悅讀館	喬靖夫	9789866473494	256	220
武道狂之詩　卷四 英雄街道	悅讀館	喬靖夫	9789866473623	256	220
武道狂之詩　卷五 高手盟約	悅讀館	喬靖夫	9789866473937	256	220
武道狂之詩　卷六 任俠天下	悅讀館	喬靖夫	9789866473975	224	199
武道狂之詩　卷七 夜戰廬陵	悅讀館	喬靖夫	9789866157196	240	199
武道狂之詩　卷八 破門六劍	悅讀館	喬靖夫	9789866157332	240	199
武道狂之詩　卷九 鐵血之陣	悅讀館	喬靖夫	9789866157516	240	199
武道狂之詩　卷十 狼行荊楚	悅讀館	喬靖夫	9789866157820	232	199
武道狂之詩　卷十一 劍豪戰爭	悅讀館	喬靖夫	9789866157837	240	199
武道狂之詩　卷十二 兵刀劫	悅讀館	喬靖夫	9789866157844	208	199
武道狂之詩　卷十三 武當之戰	悅讀館	喬靖夫	9789863190615	224	199
香港關機	悅讀館	喬靖夫	9789863190141	192	180
東濱街道故事集　惡都1	悅讀館	喬靖夫	9789866815829	208	180
惡魔斬殺陣　吸血鬼獵人日誌 I	悅讀館	喬靖夫	9789867450821	240	199
冥獸酷殺行　吸血鬼獵人日誌 II	悅讀館	喬靖夫	9789867450838	240	199
殺人鬼繪卷　吸血鬼獵人日誌 III	悅讀館	喬靖夫	9789867450920	240	199
華麗妖殺團　吸血鬼獵人日誌 IV	悅讀館	喬靖夫	9789867450937	368	250
地獄鎮魂歌　吸血鬼獵人日誌 特別篇	悅讀館	喬靖夫	9789867450999	192	129
殺禪　全八卷	悅讀館	喬靖夫			各180
誤宮大廈	悅讀館	喬靖夫	9789866815423	256	220
人形軟體1~2	悅讀館	譚劍			各240
人形軟體3（完）	悅讀館	譚劍	即將出版		
慈悲　惡都2	悅讀館	袁建滔	9789866473043	336	240
犬女　惡都3	悅讀館	袁建滔	9789866473227	208	180
四百米的終點線	悅讀館	天航	9789866157004	364	250
君子街，淑女拳	悅讀館	天航	9789866157097	272	240
戀上白羊的弓箭	悅讀館	天航	9789866157165	288	240
披上狼皮的羊咩咩	悅讀館	天航	9789866157745	352	250
書蟲的少年時代	悅讀館	天航	9789863190035	352	250
術數師　愛因斯坦被摑了一巴掌	悅讀館	天航	9789866815911	336	240
術數師2　蕭邦的刀．少女的微笑	悅讀館	天航	9789866473050	336	240
術數師3　宮本武藏的末世傳人	悅讀館	天航	9789866157318	336	240
術數師4　秦始皇最恐怖的遺言	悅讀館	天航	9789863190226	368	250
三分球神射手 1	悅讀館	天航	9789866473197	272	220
三分球神射手 2～6（完）	悅讀館	天航			各240
天使密碼 全五卷	悅讀館	游素蘭			各220
說鬼　黑白館1	悅讀館	琦琦	9789866473333	320	240
惡疫　黑白館2	悅讀館	琦琦	9789866473517	272	240
遺怨　黑白館3	悅讀館	琦琦	9789866815638	224	180
血故事　人魔詩篇1	悅讀館	羽奇	9789866815638	224	180
氏族血戰	悅讀館	天下無聊	9789866473753	224	180
獵頭	悅讀館	烏奴奴＆夏佩爾	9789866473739	288	240
噩盡島 1	悅讀館	莫仁	9789866473395	272	99
噩盡島 2～13（完）	悅讀館	莫仁		272	各220
噩盡島II 1～11（完）	悅讀館	莫仁			
異世遊　全五卷	悅讀館	莫仁		304	各240
遁能時代 全五卷	悅讀館	莫仁			各240
天使密碼 全五卷	悅讀館	游素蘭			各220
陰陽路1~8（完）	悅讀館	林綠			共1900

*實際定價以各書版權頁爲準

兔俠1~3	悅讀館	護玄			各240
新版特殊傳說1~10	悅讀館	護玄			
殺意（案簿錄1）	悅讀館	護玄	9789866157547	256	220
惡鄰（案簿錄2）	悅讀館	護玄	9789863190059	288	240
掙扎（案簿錄3）	悅讀館	護玄	9789863190318	272	240
拼圖（案簿錄4）	悅讀館	護玄	9789863190561	304	240
因與聿案簿錄 1~8（完）	悅讀館	護玄			共1840
異動之刻 1～10（完）	悅讀館	護玄			共2280
希臘神論	悅讀館	戚建邦	9789866815706	320	250
筆世界1~4（完）	悅讀館	戚建邦		288	各220
天誅三部曲	悅讀館	燕壘生			共2040
道可道系列 1~4	悅讀館	燕壘生			各240
道門秘寶　道可道系列番外篇	悅讀館	燕壘生	9789866815522	320	250
活埋庵夜譚（限）	悅讀館	燕壘生	9789867450333	224	200
貞觀幽明譚	悅讀館	燕壘生	即將出版		
仇鬼豪戰錄 套書（上下）	悅讀館	九鬼	9789866815379		499
輪迴	悅讀館	九鬼	9789866815782	256	199
彌賽亞：幻影蜃樓 上下兩部	悅讀館	何弼＆櫻木川	9789867450609	240	各180
銀河滅	悅讀館	洪淩	9789866815508	288	240
公元6000年異世界（新版）	悅讀館	Div	9789866815621	312	240
天外三國　全三部	悅讀館	Div			各180
竊明1~7（完）	小說歷史館	灰熊貓			共1750
五龍世界1 臥於霧廟之龍	悅讀．日本小說	壁井有可子	9789863190578	304	280
茶道少主京都出走	悅讀．日本小說	松村榮子	9789866157509	368	320
打工族買屋記	悅讀．日本小說	有川浩	9789866157622	320	280
三個歐吉桑	悅讀．日本小說	有川浩	9789866815041	400	320
夜城1~12（完）	夜城	賽門．葛林			
影子瀑布	Fever	賽門．葛林	9789866815607	464	380
善惡方程式（上下）	Fever	珍．簡森	9789866815478	842	599
熾熱之夢	Fever	喬治．馬汀	9789866473234	456	360
審判日	Fever	珍．簡森	9789866473357	592	420
光之逝	Fever	喬治．馬汀	9789866473203	384	320
魔法咬人	Fever	伊洛娜．安德魯斯	9789866473593	336	280
殺人恩典　恩典系列1	Fever	克莉絲汀．卡修	9789866473760	400	299
魔法烈焰	Fever	伊洛娜．安德魯斯	9789866473746	352	299
魔法衝擊	Fever	伊洛娜．安德魯斯	9789866473999	352	299
守護者之心　秘史系列1	Fever	賽門．葛林	9789866157011	416	350
惡魔恆長久　秘史系列2	Fever	賽門．葛林	9789866157219	464	350
火兒　恩典系列2	Fever	克莉絲汀．卡修	9789866157202	384	299
作祟情報員　秘史系列3	Fever	賽門．葛林	9789866157233	352	299
魔印人	Fever	彼得．布雷特	9789866157325	512	399
錯亂永生者　秘史系列4	Fever	賽門．葛林	9789866157424	336	299
魔法傳承	Fever	伊洛娜．安德魯斯	9789866157653	420	350
獵魔士：最後的願望	Fever	安傑．薩普科夫斯基	9789866157493	368	320
魔印人2沙漠之矛（上下）	Fever	彼得．布雷特	4715243771063	792	640
獵魔士：命運之劍	Fever	安傑．薩普科夫斯基	9789866157752	464	350
藍月東升	Fever	賽門．葛林	9789866157721	496	399
魔法獵殺	Fever	伊洛娜．安德魯斯	9789866157769	392	340
破戰者（上下）	Fever	布蘭登．山德森	9789866157981	792	640
神來我家	Fever	A. Lee 馬丁尼茲	9789863190189	320	280

＊實際定價以各書版權頁爲準

機器人偵探	Fever	A. Lee 馬丁尼茲	9789863190158	320	280
怪物先生	Fever	A. Lee 馬丁尼茲	9789863190172	304	280
碧塔藍　恩典系列3	Fever	克莉絲汀．卡修	9789863190509	576	420
天堂眼　秘史系列5	Fever	賽門．葛林	9789863190585	392	320
城堡夜驚魂	Fever	A. Lee 馬丁尼茲	9789863190325	272	260
魔印人3白晝戰爭（上下）	Fever	彼得．布雷特	9789863190646	784	640
卓德不死　秘史系列6	Fever	賽門．葛林	9789863190684	368	320
歲月之石　卷一～卷八（完）	阿倫德年代紀	全民熙			
德莫尼克 卷一～卷八（完）	符文之子2	全民熙			共2378
符文之子 卷一～卷七（完）	符文之子1	全民熙			共2114
戀光明　全四部	into	戚建邦		320	各240
海穹金鱗	into	李伍薰	9789867929471	256	240
海穹浪客	into	李伍薰	9789867929556	256	240
海穹蒼生	into	李伍薰	9789867450593	304	240
海穹雷雲	into	李伍薰	9789866815102	272	240
海穹碧刃（完）	into	李伍薰	9789866815959	328	240
獨自悶鍋	文選	王藝	9789863190165	328	280
黑太陽賦格	文選	洪凌	9789863190394	256	250
光幻諸次元註釋本	知識樹	洪凌	9789866157882	264	240
魔道御書房：科／幻作品閱讀筆記	知識樹	洪凌	9789867450326	240	220
有關女巫：永不止息的魔法傳奇	知識樹	凱特琳&艾米	9789867450548	256	220
從九頭蛇到九尾狐	知識樹	王新禧等著	9789866815430	192	180
超級英雄榜	知識樹	張清龍	9789866157370	208	280
魔法世界之旅	知識樹	天沼春樹& 水月留津	9789866473241	240	220
阿宅的奇幻事務所	知識樹	朱學恒	9789866815492	256	199
一入宅門深似海	朱學恒作品集	朱學恒	9789866157912	256	260
宅男子漢的戰鬥	朱學恒作品集	朱學恒	9789866473982	272	260
新的世界沒有神	朱學恒作品集	朱學恒	9789866473302	304	260
異人茶跡：淡水1865	畫話本	張季雅	9789863190349	200	220
最劣歐洲遊記：米奇鰻的貧窮旅行 西班牙、法國篇	畫話本	米奇鰻	9789863190455	152	250
天國餐廳 第一集	畫話本	阮光民	9789863190332	180	220
時空鐵道之旅	畫話本	簡嘉誠	9789863190219	216	220
幸福調味料	畫話本	阮光民	9789863190066	164	240
臨時預約 陰陽堂	畫話本	爆野家	9789863190004	180	220
Lunavis在天空飛翔的旅人	畫話本	kim minji	9789866157776	192	480
邢大與狐仙（上下）	畫話本	艾姆兔M2			各220
上上籤	畫話本	YinYin	9789866815102	212	220
柯普雷的翅膀	畫話本	AKRU	9789866815935	168	240
吳布雷茲．十年	畫話本	Blaze	9789866473289	160	480
魔廚	畫話本	爆野家	9789866473609	172	200
北城百畫帖	畫話本	AKRU	9789866157028	168	240
古本山海經圖說　上卷、下卷		馬昌儀			各550
成均館羅曼史（上下）	小說電影院	廷銀闕	9789863190134	664	599
西遊 降魔篇	小說電影院	周星馳&今何在	9789863190387	336	280
聽說	小說電影院	簡士耕	9789866473371	208	199
愛你一萬年	小說電影院	簡士耕	9789866473944	256	250
初戀風暴	小說電影院	簡士耕	9789866157103	256	199
再見，東京 1～4（第一部完）	明毓屏作品集	明毓屏			各250
CCC創作集1~13	CCC創作集				

＊實際定價以各書版權頁為準

國家圖書館出版品預行編目資料

月與火犬12 / 星子 著；.—— 初版. ——台北市：
蓋亞文化，2013.11-
冊；公分.——（月與火犬；12）（悅讀館；RE292）

ISBN 978-986-319-026-4 (平裝)

857.7 100005358

悅讀館 RE292

月與火犬 12

作者／星子
插畫／Izumi
封面設計／克里斯
出版／蓋亞文化有限公司
地址◎台北市103赤峰街41巷7號1樓
電話◎（02）25585438 傳眞◎（02）25585439
網址◎www.gaeabooks.com.tw
電子信箱◎gaea@gaeabooks.com.tw
郵撥帳號◎19769541 戶名：蓋亞文化有限公司
法律顧問／十方法律事務所
總經銷／聯合發行股份有限公司
地址◎新北市新店區寶橋路二三五巷六弄六號二樓
電話◎（02）29178022 傳眞◎（02）29156275
港澳地區／一代匯集
電話◎（852）27838102 傳眞◎（852）23960050
地址◎九龍旺角塘尾道64號龍駒企業大廈10樓B&D室
初版一刷／2013年11月
定價／新台幣 220 元

Printed in Taiwan

GAEA
ISBN／978-986-319-026-4

RE292
GAEA

月與火犬 12

蓋亞文化 讀者迴響

感謝您在茫茫書海中選擇了蓋亞，您的支持是我們最大的動力。
不要缺席喔，讓我們一起乘著夢想的羽翼，穿越時空遨遊天地！

姓名： 性別：□男□女 出生日期： 年 月 日	
聯絡電話： 手機：	
學歷：□小學□國中□高中□大學□研究所 職業：	
E-mail： （請正確填寫）	
通訊地址：□□□	
本書購自： 縣市 書店	
何處得知本書消息：□逛書店□親友推薦□DM廣告□網路□雜誌報導	
是否購買過蓋亞其他書籍：□是，書名： □否，首次購買	
購買本書的動機是：□封面很吸引人□書名取得很讚□喜歡作者□價格便宜□其他	
是否參加過蓋亞所舉辦的活動：□有，參加過 場 □無，因爲	
喜歡出版社製作什麼樣的贈品：□書卡□文具用品□衣服□作者簽名□海報□無所謂□其他：	
您對本書的意見：◎內容／□滿意□尚可□待改進 ◎編輯／□滿意□尚可□待改進 ◎封面設計／□滿意□尚可□待改進 ◎定價／□滿意□尚可□待改進	
推薦好友，讓他們一起分享出版訊息，享有購書優惠 1.姓名： e-mail： 2.姓名： e-mail：	
其他建議：	

◎請沿虛線剪開、對摺、裝訂後寄出

◎請沿虛線剪開、對摺、裝訂後寄出

廣告回信 郵資免付
台北郵局登記證
台北廣字第675號

GAEA 蓋亞文化有限公司 收

103 台北市赤峰街41巷7號1樓

GAEA

Gaea